역사 유튜브에 입장하셨습니다

봄마중 청소년숲

역사 유튜브에 입장하셨습니다

정명섭 지음

봄마중

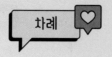

차례

프롤로그

수업이 끝나자마자 나경이에게 다가온 반장이 나지막하게 말했다.

"다음주 월요일까지야."

"뭐가?"

책을 읽다 고개를 든 나경이의 물음에 반장이 한심하다는 표정을 지었다.

"유튜브 촬영하는 거."

"아!"

깜빡했다는 듯 나경이는 주변을 돌아봤다. 하지만 다들 휴대전화를 들여다보거나 친구들과 수다를 떠는 중이었다. 외톨이라는 사실을 새삼 깨달은 나경이가 한숨을 쉬자 반장이 말했다.

"무조건 다 내기로 했으니까 너도 만들어."

"나 혼자서?"

선생님이 역사를 주제로 유튜브 영상을 촬영해 업로드하라는 숙제를 내자 아이들은 서너 명씩 짝을 지었다. 하지만 나경이에게 같이 하자고 말하는 아이는 없었다. 물론 그런 기대 같은 건 하지도 않았지만.

"혼자서라도 해 봐. 선생님이 이거 엄청 신경 쓰고 있단 말이야."

"할 줄 모르는데."

"맨날 책이나 읽으니까 그렇지."

뭐라도 대꾸하려던 나경이는 입을 다물었다. 어릴 때부터 내성적이었던 나경이는 초등학교에 입학할 때부터 친구들을 잘 사귀지 못했다. 게임이나 유튜브에도 흥미가 없었다. 그러다가 우연찮게 작가와의 만남에 참석한 것을 계기로 책읽기에 관심을 가지게 되었다. 자연스럽게 책에 빠져들었고, 학교에서도 책벌레로 불렸다. 책을 읽는 아이라고는 한 학년에 한두 명 정도였으니 괴짜 취급을 받을 만도 했다.

책 중에서 특히 역사책을 좋아했는데 어릴 때 할아버지

가 들려준 옛날이야기 때문인 것 같았다. 나경이가 아무 말도 하지 않자 반장이 덧붙였다.

"어쨌든, 월요일까지 꼭 내."

대답을 듣기도 전에 돌아선 반장은 자기 자리로 돌아갔다. 오늘이 금요일이라서 그런지 아이들은 들뜬 표정으로 얘기를 나누다가 교실을 빠져나갔다. 멍하게 앉아 있던 나경이의 눈에 칠판에 쓰인 글씨가 보였다.

"혁신."

마지막 시간이 역사였는데 선생님이 칠판에 적은 내용이 지워지지 않고 남아 있었다. 선생님은 혁신이 낡은 것을 버리고 새로운 것에 도전하는 것이라고 설명했다. 그리고 세종대왕을 비롯해서 몇 명의 혁신가들을 소개했다. 물끄러미 칠판을 쳐다보는데 반장이 나가면서 그 글자를 지워버렸다. 나경이도 한숨을 쉬면서 일어났다.

'대충 찍은 시늉만 해야지.'

그냥 광화문에 있는 세종대왕 동상 앞에서 뭐라도 찍어야겠다고 생각하는데 휴대전화에 속보가 떴다.

'광화문 공원 공사로 교통 통제.'

문자를 보자마자 광화문에 가야겠다는 생각은 바로 접

었다. 사람들이 많은 건 딱 질색인데 교통 통제라면 분명 지하철로 사람이 몰릴 게 뻔했기 때문이다. 교실 밖으로 나온 나경이는 휴대전화를 만지작거렸다.

"어디서 찍지?"

이런저런 생각을 하면서 운동장을 가로질러 교문으로 향하던 그때 휴대전화에서 띠링 하는 소리와 함께 문자가 도착했다. 휴대전화를 들여다보던 나경이의 눈이 커졌다.

"역사 유튜브 스튜디오 50퍼센트 할인, 첫 방문객은 추가로 25퍼센트 할인?"

이 문자가 왜 지금 자신에게 도착했는지는 알 수 없었지만 주머니 사정이 좋지 않았던 나경이로서는 반색할 만한 일이었다.

"위치도 가깝네."

땡 잡았다는 심정으로 발걸음을 서둘렀다.

"여, 여기야?"

좁디좁은 골목길의 끝에 도착한 나경이가 난감한 표정을 지었다. 그곳에는 오래되어 보이는 한옥이 자리하고 있었다. 분명 이름만 역사 스튜디오일 뿐, 너무 낡아 사람들이 찾지 않으니까 할인을 한 게 분명했다.

"한옥과 유튜브라니, 너무 안 어울리잖아."

그냥 돌아갈까도 생각했지만 힘들게 찾아온 노력이 아까워 일단 들어가 보기로 마음먹었다. 월요일까지 완성하려면 선택의 여지가 없기도 했다. 나무로 된 낡은 대문에는 '역사 유튜브'라는 손글씨가 적힌 팻말이 붙어 있었다. 용기를 내어 둥근 문고리를 잡고 살짝 밀자 삐걱거리는 소리와 함께 문이 열렸다.

"우와!"

사방이 한옥으로 둘러싸인 정원이 보였다. 바닥에는 자갈이 깔려 있고, 한쪽에는 화단이, 다른 한쪽에는 나무로 만든 테이블과 의자가 있었다. 생각보다는 넓었지만 아무도 보이지 않았다. 한옥이 정원을 둘러싼 형태였는데 각 방향마다 대청이 가운데 있었고, 그 옆으로 방들이 주르륵 보였다.

"설마 방에서 귀신 같은 게 확 튀어나오지는 않겠지?"

살짝 으스스한 비주얼에 주춤했지만 왠지 모를 호기심이 일었다. 나경이는 안경을 끌어올리고는 유리문을 열고 대청으로 올라갔다.

"우와!"

나경이가 다시 한 번 감탄사를 내뱉었다. 허름하고 낡았을 것이라는 예상과는 달리 안쪽은 고풍스러운 골동품들로 가득했다. 사극에서 봤던 사방등이 불을 밝혔고, 절구와 맷돌 같은 것도 보였다. 문에는 절에서 쓰는 작은 종인 풍경이 달려 있어서 은은한 소리가 계속 울렸다. 문 바로 옆에 카운터 비슷한 게 있었는데 지키는 사람이 없어 부담없이 안을 살펴볼 수 있었다. 반질반질하게 나뭇결이 살아 있는 마루를 따라 방들이 길게 이어져 있었다. 방문에는 보통 1, 2호실 같은 숫자나 A, B 같은 알파벳이 붙어 있는데 이곳은 방 이름은 특이했다.

"혁신가 방?"

교실 칠판에서 봤던 글자가 떠올랐다. 그때 뒤에서 낯선 목소리가 들렸다.

"이곳이 마음에 드니?"

뒤를 돌아보자 푸근해 보이는 인상을 가진 아주머니가 환한 미소를 지으며 서 있었다.

"여, 여기가 유튜브 촬영하는… 역사 스튜디오 맞죠?"

"물론이지. 방 안으로 들어가 볼래?"

"방에서 촬영하는 건가요?"

아주머니는 미소로 대답을 대신하면서 혁신가 방의 문을 열었다. 그곳에는 카메라 같은 걸 올려놓기에 부족함이 없는 넓은 테이블이 가운데를 차지하고 있었고, 뒤쪽으로는 오래된 책들이 꽂힌 서가가 있었다.

방으로 들어가자 아주머니가 따라 들어왔다. 그리고 보니 아주머니는 개량한복을 입고, 쪽진 머리에 비녀까지 꽂은 모습이었다. 민속촌도 아닌데 너무 과한 차림새가 아닐까 생각하고 있을 때 아주머니는 테이블 아래에서 오래되어 보이는 사진기를 꺼냈다.

"촬영은 이걸로 하면 될 거야."

"찍은 걸 유튜브에도 올려야 하는데…"

"그건 우리가 해 줄게. 휴대전화로 유튜브에 들어가서 역사 유튜브라고 치면 계정이 나올 거다. 시작하면 영상이 업로드 되고, 알림 설정을 한 사람들이 들어와서 보면서 댓글도 달 거야."

"나중에 영상도 다운 받을 수 있나요?"

"물론이지. 따로 준비해 주마."

"고맙습니다. 비용은 마친 다음에 내면 되는 거죠?"

"그러럼!"

"촬영은 어떻게 시작하나요?"

"저기 종 보이지?"

아주머니가 가리킨 테이블 모서리에는 손으로 흔들 수 있는 작은 종이 보였다. 나경이가 고개를 끄덕였다.

"시작할 때 저 종을 울리면 돼. 그리고 끝날 때도 한 번 울리고."

"버튼 같은 걸 누르는 게 아니고요?"

조금 놀란 나경이의 물음에 문을 열고 밖으로 나가려던 아주머니가 고개를 끄덕거렸다.

"나머지는 역사가 알아서 해 줄 거다."

알쏭달쏭한 말이었지만 알아서 촬영과 업로드를 해 준다는 말에 한시름 덜 수 있었다.

"대충 찍고 얼른 가자."

스튜디오의 공간은 예상보다 좋았지만 분위기는 뭔가 미묘했다. 얼른 마치고 집에 가서 읽던 책이나 읽어야겠다고 생각하며 휴대전화로 검색을 했다. 역사 유튜브라는 계정이 나왔다.

"진짜 있네?"

화면으로 보이는 자신의 얼굴을 이리저리 살펴보던 나경이는 그때서야 맞은편에 인형들이 나란히 놓여 있는 것을 발견했다. 어릴 때 인형극에서 본 것과 비슷했다. 제일 왼쪽에 있는 인형은 곤룡포를 입은 임금 같았고, 그 옆에는 스님과 양반 차림의 인형들이 긴 의자에 나란히 앉혀져 있었다.

"이런 인형들도 있고, 역사 스튜디오답네."

나경이는 종을 흔들어 촬영을 시작하려다가 다시 인형들을 바라봤다.

"그래, 혼자 하는 건 썰렁하잖아. 옆에 하나 가져다놓자."

제일 끝에 있는 임금 모양의 인형을 가져다가 옆자리에 놓았다. 포즈를 제대로 잡아주자 그럴싸했다.

"풍채가 있는 걸 보니 세종대왕님 같네."

무슨 이야기를 할까 하다가 그냥 짧게 그동안 읽은 역사책 이야기를 하기로 했다. 심호흡을 하고 한 손으로 종을 흔들었다. 그러자 낡은 사진기에서 덜컥거리는 모터 소리가 들리면서 조리개가 열렸다.

"우아, 신기하네. 옛날 건 줄 알았는데 신상인가?"

종을 테이블에 내려놓자 나경이의 휴대전화로 띠링 하

는 소리와 함께 문자가 도착했다. 사진이 담긴 이력서 같은 문서가 보였다. 붉은색 곤룡포를 입고 익선관을 쓴 풍채 좋은 아저씨의 모습이었다. 초대 손님이라는 글씨 옆에 신상 명세가 적혀 있었는데 읽다 보니 피식 웃음이 나왔다.

"1397년 4월 10일생? 괄호 속에 음력이라고 꼼꼼하게도 해 놨네."

출생지도 흥미로웠다.

"조선 한성부 준수방 장의동 본궁, 현재 대한민국 서울특별시 종로구 창성동. 그 아래 한양에서 태어난 조선의 임금이라고 적혀 있네. 뭐야, 그럼 6백 년 전 사람이잖아? 아무리 유튜브라지만 이건 너무 한 거 아냐?"

나경이는 아래로 이어진 글들을 읽으면서 이번에는 코웃음을 쳤다.

"주요 업적이 한글 창제, 혼천의를 비롯한 천문기구 제작을 통한 역법 정리, 공법을 도입해서 백성들의 부담을 덜어 주려고 노력, 4군 6진의 설치?"

내용을 읽던 나경이는 사진을 바라보면서 중얼거렸다.

"뭐야, 이거 조선의 네 번째 임금 세종대왕이잖아. 이 사람을 첫 번째 초대 손님으로 초대하라고?"

그때 나머지는 역사가 알아서 해 줄 거라던 주인아주머니의 말이 떠올랐다.

"이거 도대체 어떻게 된 거지?"

그때 삐걱거리는 소리와 함께 문이 열렸다. 주인아주머니일 거라고 생각한 나경이가 다급하게 말했다.

"아주머니, 이거 어떻게 된 거예요?"

그런데 문을 열고 들어선 것은 전혀 다른 인물이었다.

첫 번째 초대 손님

붉은색 곤룡포에 익선관을 쓴 풍채 좋은 중년의 아저씨를 본 나경이는 입을 다물지 못했다. 아까 휴대전화로 온 문서에 있는 사진과 똑같았기 때문이다.

　"누, 누구세요?"

　그러자 아저씨는 어험 하는 기침소리와 함께 옆자리에 앉으며 혀를 끌끌 찼다.

　"아니, 과인을 불러놓고 누구냐고 묻다니. 참으로 딱한 일이구나."

　사극에서나 볼 법한 말투에 놀란 나경이의 눈이 동그래졌다. 그때서야 아까 옆에 놨던 인형이 온데간데없이 사라지고 인형과 닮은 사람이 방으로 들어왔다는 걸 알아차렸다. 뭐가 어떻게 돌아가는지 정신이 없었다. 익선관을 쓴 아저씨가 물었다.

"이름이 무엇이냐?"

"정, 나경입니다."

"이게 네 이름이냐?"

아저씨가 손가락으로 교복에 붙은 명찰을 가리키면서 물었다. 나경이가 고개를 끄덕거렸다.

"아직 어리니까 호는 가지고 있지 않겠군. 본관은 어디인고?"

"보, 본관이요? 아, 봉화 정씨입니다."

"봉화 정씨면 봉화백의 후손이겠군."

아저씨는 수염을 쓰다듬으며 아는 척을 했다.

"아저씨는요?"

"과인 말인가? 전주 이씨 집안이지."

과인과 전주 이씨라는 말을 듣자 등골이 싸늘해졌다. 이 곳에 오게 된 과정부터 모든 게 이상했지만 옆자리에 앉은 이 아저씨는 정말 이상했다. 풍성한 체구와 얼굴을 살펴보던 나경이는 저도 모르게 중얼거렸다.

"설…마?"

바로 그때 역사 유튜브를 보여 주고 있던 휴대전화에서

띠링 하는 소리가 들렸다. 화면을 들여다보던 나경이는 입을 다물지 못했다. 화면에 '세종대왕님 입장'이라는 자막이 떴기 때문이다.

"지, 진짜 세종대왕님?"

"대왕이라니, 참으로 민망하구나."

사람 좋은 웃음을 짓던 아저씨가 수염을 쓰다듬었다.

"마, 말도 안 돼!"

나경이가 너무 놀라 어쩔 줄 몰라 하는 사이 채팅창에는 주르륵 댓글이 달리기 시작했다.

스마트 투 스마트
세종대왕님 방가!

버니 ♥
역시 고기를 좋아하셔서 그런지 한 체격 하시네.

이제 그만
와! 진짜 닮았어.

DREAM MAKER
본 적도 없으면서 어떻게 닮았는지 앎?

철기왕
광화문에 가면 있잖아.

채팅창이 시끌벅적한 가운데 세종대왕은 여유롭게 익선관을 고쳐 쓰면서 사진기를 바라봤다.

세종대왕 이제 시작할까?

나경 네? 뭐, 뭐를 시작해요?

세종대왕 유투보(有透普) 말이야. 그걸 하려고 과인을 부른 것 아닌가.

나경 제, 제가요?

세종대왕 오랜만에 과인을 찾아서 기뻤는데 실망이 크군.

나경 자, 잠깐만요. 제가 전하를 몰라 뵙고 무례를 저질렀습니다. 하지만 역사책에서만 봤던 세종대왕을 직접 만나 얘기할 수 있는 기회를 놓치고 싶지는 않습니다. 부디 저의 간절한 마음을 받아주십시오.

세종대왕 정 그렇다면 얘기를 나눠보도록 하지.

나경 본인 소개부터 부탁드립니다.

세종대왕 채팅창을 보니 다들 진행 방식이 마땅치 않나 보네.

나경 채팅창도 보실 줄 아세요?

세종대왕 과인은 얘기를 듣거나 글을 읽는 걸 좋아하지.

망망마망
자기소개라니! 맞선 보냐!

버니 ♥
짐은 실망이 크네.

도로록 제임스
재미있을 것 같아서 들어왔는데 이러면 구독 취소한다.

빙그레마왕
자자, 그래도 좀 지켜봅시다. 난 안 볼 거지만.

홍차공주
백점 맞게 해주세요.

나경 그, 그렇군요.

세종대왕 직접 얘기하려니 쑥스럽지만 그래도 소개는 필요하겠지. 한번 해보겠네. 과인은 조선의 네 번째 임금일세. 세상을 떠난 후에 정해진 묘호는 세종이고, 시호는 장헌영문예무인성명효대왕이지. 요즘 세상에서는 이름이라고 부르는 휘는 도일세. 하지만 그 이름으로 불린 적은 거의 없지.

나경 그, 그러시겠죠. 그런데 묘호와 시호는 뭔가요?

세종대왕 둘 다 중국에서 시작된 예법이라네. 묘호는 종묘에서 황제의 제사를 지낼 때 사용하는 이름이지. 그러니까 살아생전에는 불릴 일이 없지. 과인도 죽은 이후에나 들을 수 있었어.

나경 그럼 시호는요?

세종대왕 묘호랑 비슷한데 세상을 떠난 군주나 대신들을 기리기 위해 붙여준 이름일세.

나경 그러니까 묘호는 군주에게만 붙여주는 거고 시호는 대신들에게도 붙여주는 거군요.

세종대왕 맞아. 너의 조상인 삼봉에게도 문헌공이라는 시호가 있지.

나경 세종이라는 묘호는 마음에 드세요?

세종대왕 과분하다고 생각해.

나경 왜요?

세종대왕 예법에 의하면 세는 천명을 이어받아 바꾸지 않고, 큰 은혜를 남겨서 시대를 밝게 빛나게 한 군주에게 주어지기 때문이지.

나경 교과서와 책에서 봤던 업적을 보면 충분히 그럴 만한데요?

세종대왕 과인이 재위하고 있던 동안에는 흉년이 많이 들어서 백성들이 힘들어했어. 임금이 만백성의 어버이라면 나는 자식을 굶긴 부모나 다름없지.

나경 영화나 드라마에서 보면 다른 왕들은 피도 눈물도 없이 잔인하고 백성들이 굶거나 말거나 권력 다툼을 벌이기만 하는데 전하께서는 그러지 않았잖아요.

세종대왕 다, 아버지 덕분이야.

나경 아버지면 태종 이방원 말씀인가요?

세종대왕 맞네. 그런데 댓글에 킬방원이라는 이름이 보이는데 그건 뭔가?

나경 아, 아무것도 아닙니다. 신경 쓰지 않으셔도 돼요.

세종대왕 계속 뜨는 게 이상해서 말이야. 아무튼 얘기를 계속하지. 본래 과인은 선왕의 셋째 아들로서 왕위에 오를 일이 없었네.

인생궁물
킬방원킬방원킬방원킬방원킬방원킬방원

도리히
아버지를 킬방원이라고 부르지 못하고

fantast dream
아버지의 이름은 킬방원~

마마마마무
킬러 방원.

나경 그건 저도 알고 있어요. 충녕대군이었던 시절 말이죠?

세종대왕 잘 아는군. 문제는 맏형인 양녕대군께서 계속 말썽을 피웠다는 점이지. 아버지와 사사건건 대립하면서 글공부를 게을리하고 몰래 궁궐 밖으로 나가서 사람들과 어울린 게 한두 번이 아니었어.

나경 걱정이 많이 되었나요?

세종대왕 아바마마의 상심이 너무 크셨지. 그래서 화려하게 옷을 차려입는 형님에게 부디 마음을 먼저 바로잡은 후에 용모에 관심을 두라는 말을 한 적이 있지.

　나경　정말 궁금한 게 있는데요.

　세종대왕　말해 보거라.

　나경　양녕대군이 일부러 왕위를 물려주기 위해 말썽을 피웠다고 들었어요. 댓글에도 그것과 관련된 얘기들이 올라오네요.

Dong Eun Shin
양녕대군이 똑똑한 동생에게 왕위를 물려주기 위해 개판을 친 거 아닌가요?

이날라리 저날라리
그게 아니라 자유인이 되고 싶었던 거지.

로또제왕 로탁구
양녕대군이 혹시나 하는 동생 효령대군에게 김칫국 마시지 말라고 함.

JOE F
뭐가 진짜예요?

진짜 토끼
형이 물려준 거라니까.

밀리타리
드라마에서 봤어. 내가 봤다구!

　세종대왕　그럴 법도 하지. 그 전에도 그렇고 그 이후에도 한 번도 없었던 일이니까 말이야. 하지만 형님은 과인에게 일부러 왕위를 양보하지는 않으셨네.

　나경　양보했다는 말은 사실이 아니군요.

　세종대왕　형님은 공부보다는 노는 것에 관심이 많았고, 아바마마의 심기를 거스르는 일도 개의치 않았네. 관리의 첩을 빼앗아서 장인의 집에 데려다뒀고, 동생인 성녕대군이 세상을 떠났을 때도 궁중에서 활쏘기를 하며 놀았다는 사실을 알고 아바마마께서 크게 분노하셨지. 그래서 형님을 질책하고 한양으로 돌려보내셨어. 그런데 형님께서 내관을 시켜 아바마마에게 자신이 잘못한 게 무엇이냐고 하는 편지를 보냈다네. 그걸 보신 아바마마께서 폐세자를 결심하신 것 같아.

　나경　그래서 세자가 바뀐 거군요.

　세종대왕　그때 아바마마께서는 성녕대군을 잃은 슬픔에 못 이겨 개경에 머물고 계셨네. 만약 폐세자를 하려 했다면 조정이 있는 한양에 남아 있으셨겠지. 그리고 과인을 바로 세자로 삼지는 않았네.

나경 진짜요?

세종대왕 처음 아바마마께서는 형님의 어린 아들 중 한 명을 세자로 삼으려고 했지. 하지만 어진 사람을 후사로 삼아야 한다는 주장이 제기되자 고심을 하다가 과인으로 하여금 후사를 잇게 한 거야. 그 과정은 하루 만에 끝났지만 정말로 폭풍 속에 들어간 심경이었어.

나경 표정을 보니까 그때 일이 얼마나 긴박했는지 알 것 같네요.

세종대왕 그 후에도 쉽지는 않았단다. 특히 괴로운 일은…

나경 장인어른 때문이군요?

세종대왕 잘 아는구나. 아바마마께서 외척의 힘이 세면 왕권이 약해진다면서 장인어른이자 영의정이었던 심온 대감을 사사했단다.

나경 사실, 그래서 킬방원이라는 별명이 생긴 거예요. 영어에서 킬은 죽인다는 뜻이거든요.

세종대왕 하긴 아바마마는 외가 집안도 쑥대밭으로 만들

어 어마마마를 고통스럽게 하셨지. 사돈집안도 마찬가지였
는데 아내가 힘들어하는 걸 지켜보는 것만으로도 정말 힘
들었단다.

나경 그래도 며느리는 괴롭히지 않으셨네요.

세종대왕 사실은 말이다. 아바마마에게 몇몇 신하들이 세
자빈을 폐해야 한다고 고했지. 그때 아바마마가 뭐라고 했
는지 아느냐?

나경 글쎄요? 구독자들은 알고 있을까요?

히스토리 대마왕
세자빈을 폐하면 새로 맞이해야 하고 그럼 또 처갓집을 조져야
하잖아. 그 힘든 일을 또 해야 하느냐고 버럭 화를 내셨지.

mmmme
우와! 똑똑하시네.

ABBOT
피는 묻혔지만 또 묻히기는 싫다 이거였군.

또라이 리턴
진짜?

ABBOT
그냥 그렇다는 얘기지. 왜 자꾸 시비야.

나경 역시 댓글에 나오네요. 또 세자빈을 맞이하면 사돈을 죽여야 해서 안 된다고 했다네요.

세종대왕 맞는 얘기다. 그리고 아바마마는 며느리를 마음에 들어 하셨어.

나경 아! 죄책감 때문이었을까요?

세종대왕 글쎄다. 그 얘기는 그만하면 안 되겠나? 심적으로 괴롭구나.

나경 죄, 죄송합니다. 만나면 여쭤보고 싶었던 게 정말 많아요. 어떻게 해서 한글 창제부터 4군 6진의 설치, 혼천의와 자격루 같은 걸 만드실 생각을 했나요?

세종대왕 그게 과인이 할 일이었기 때문이지. 과인이 즉위했을 때 조선은 건국된 지 30년이 채 안 되었을 때였어.

나경 그러네요. 1392년에 건국되었고, 1418년에 즉위하셨으니. 그래도 어마어마한 업적을 남기셨어요.

세종대왕 국가가 발전하기 위해서는 여러 가지 제도가 만들어지고, 국경을 확정지어야 하며, 정체성을 완성시켜야만 해. 아바마마는 피의 숙청으로 과인에게 그 길을 만들어주셨지. 아바마마가 아니었다면 나의 업적이라고 했던 일들을 하지 못했을 게야.

나경 제도를 만들고 정체성을 완성시켜야 했다고요?

세종대왕 30년도 안 되었으니 아직 고려를 기억하는 사람들이 많았지. 거기다 안타깝지만 조선이 건국된 이후 왕실은 내내 분쟁에 휩쓸렸단다.

나경 맞아요. 아버님인 태종도 두 차례 왕자의 난으로 반대파를 숙청했죠.

세종대왕 아바마마는 그때 삼봉의 목숨을 거둔 것을 크게 안타까워하셨어.

나경 뭐, 다 지난 일이네요.

세종대왕 참으로 부끄러운 일이었지만 백성들에게는 권력을 놓고 집안사람들끼리 다툰 것으로 보였을 게야. 거기다 왕위에서 물러난 태조께서 연루된 조사의 반란까지 일어났으니 말이다. 그래서 내가 해야 할 일은 명확했단다. 사람들의 마음속에서 고려를 지워버리고 조선을 자리 잡게 만들어야만 했지.

나경 그래서 여러 가지 혁신적인 정책과 기술을 개발한 건가요?

세종대왕 혁신이라… 기존의 틀을 부수고 새로운 걸 만드는 걸 혁신이라고 한다지?

나경 맞습니다. 이 방의 이름이 혁신가 방이기도 하고요.

세종대왕 과인이 혁신을 했는지 안 했는지는 모르겠으나 나라의 기틀이 될 만한 일을 하려고 노력한 것은 사실이지.

나경 너무 겸손하시네요. 자, 가장 궁금한 건 한글 창제입니다. 어떻게 새로운 문자를 만들려고 하신 거죠? 댓글창도 폭발하네요.

마마마무
나랏말쌈이 중국과 달라서죵. 진행하시면서 그것도 몰라용?

네종대왕
모르는 사람이 있을까 봐 물어보는 거잖아. 무식하긴.

마마마무
무식한 건 너고.

네종대왕
잘난 척 좀 그만하라고!

마마마무
내가 언제!!!!

한숨 트럭
둘 다 그만 좀 싸워요. 집중을 못하겠어. 진짜.

나는 벌써 나경빠
우리 나경 언니 괴롭히지 마요.

그르륵 꼬르륵
댓망진창이군요. 저는 여기서 나가겠습니다.

세종대왕 과인이 처음 만들 때는 언문이라고 불렀느니라. 나중에 국문이라고 했다가 한글로 바뀌었다고 들었지. 한글도 나쁘지 않은 명칭인 것 같네. 과인이 언문을 창제한 이유는 글자를 몰라서 고통 받는 백성들을 위해서였네. 한문은 글자가 너무 많고 어려워서 오랫동안 배우고 익히지 않으면 쓰거나 읽을 수가 없었지.

나경 한글을 만들 때 신하들의 반대가 심했다고 들었어요.

세종대왕 어느 정도 예상은 했지만 생각보다 심했지. 특히 최만리 같은 경우는…

나경 그러고 보니 한글 창제에 반대하는 신하들을 투옥하거나 파직시킨 적이 많았네요.

세종대왕 배신감 때문이기도 하고, 어느 정도 기를 꺾어놔야 할 필요도 있었기 때문이지.

나경 배신감이요?

세종대왕 유학의 기본은 수양을 하면 누구나 군자가 될 수 있다는 것이지. 그래서 공자도 안회나 자로 같은 빈민과 불량배를 제자로 받아들였고 말이다. 그런데 자칭 유학자라는 자들이 사람의 천성은 바뀌지 않으니 언문을 만들어서 배포할 필요가 없다고 하니 과인이 크게 실망할 수밖에.

나경 백성들을 위해서 한글을 만드셨다니, 정말 대단하십니다.

세종대왕 사람은 신분이나 성정이 다를 수 있지. 하지만 본성은 똑같단다. 억울한 일이 있으면 분해서 잠을 못 자고, 손해를 보면 펄펄 뛰지. 기분이 좋으면 웃고, 슬프면 우는 것처럼 말이다.

나경 맞아요. 저도 학교에서 안 좋은 일 있으면 울고 싶을 때가 많거든요.

세종대왕 군주는 만백성의 어버이로 엄해야 하고 꾸짖어야 할 때가 많지만 따뜻하게 보듬어주고 귀를 기울일 줄 알아야 하지. 그런데 문자를 모르면 벙어리나 다름없는 법. 과인은 그들의 말을 듣기 위해 언문을 만들었네.

나경 직접 소통하기 위해서 말인가요?

세종대왕 말이라는 것은 사람을 거칠 때마다 달라지고, 문서로 적으면 뜻이 변하게 되는 법. 글을 배우고 익힐 줄 알면 백성이 임금과 통할 수 있고, 자신에게 필요한 것을 스스로 터득할 수 있게 되지.

나경 다른 업무도 많은데 신하들의 반대를 우려해서 한글을 직접 만드셨다고 들었는데요.

세종대왕 최만리를 비롯해서 반대가 심했지. 그걸 예상하고 내가 직접 만들고, 집현전의 도움을 받았단다.

나경 그렇게까지 하면서 한글을 창제하신 이유가 뭔가요?

세종대왕 음… 생각해 보니 혁신을 하고 싶었기 때문이라고 할 수 있겠구나.

나경 혁신이요?

세종대왕 그래. 농부들은 항상 예전에 해온 대로 농사를 지었고, 관리들도 하던 대로 세금을 걷었지. 좀 더 나아지려면 새로운 것을 받아들여야 하는데 그러기 위해서는 반드시 간단하게 소통할 수 있는 문자가 필요했지.

나경 그게 훈민정음이었군요.

세종대왕 맞아. 그리고 훈민정음을 인쇄했던 게 바로 금속활자인 갑인자였어. 기존의 경자자는 너무 가늘어서 인쇄가 조금만 잘못 되어도 알아보기 어려웠거든.

나경 정말 많은 분야에 관심을 가지고 계셨군요?

세종대왕 이미 만들어진 금속활자를 조금 손본 것에 불과하지. 〈직지심체요절〉을 금속활자로 찍었다는 건 알고 있니?

나경 그럼요!

세종대왕 그걸 찍은 사람들이 정말 대단한 혁신가들이지. 나는 다만 그 뒤를 따라갔을 뿐이란다. 과인이 관심을 가졌던 분야는 다른 분야였어.

나경 어떤 분야였나요?

세종대왕 후대 사람들은 잘 모르지만 공법이었느니라.

나경 공법이면 답험손실법을 대체한 지세제도 말씀이신가요?

세종대왕 아직 어린 줄 알았는데 제법이로구나.

나경 제가 역사에 관심이 많아서요. 채팅창에 공법과 답험손실법이 뭐냐고 묻고 있네요?

♡ **지성이 내꺼**
공법은 공짜로 주는 법인가요?

우까까
그럼 답험손실법은 손실을 입히는 법이야?

Jake Bae
세금은 우리 통장에 손실을 입히죠.

제주 사다수
텅장이 비면 마음도 비워지죠. 샤랄라라

Han sol
세금 뜯긴 거 생각하면 진짜 잠이 안 온다.

루팡 좀비
예나 지금이나 세금이 문제네. 문제. 내 세금으로 뭘 하고 있는지 몰라. 알 수가 없어.

세종대왕 답험손실법을 먼저 설명해야겠군. 가을이 되면 조정에서 파견한 관리가 지방에 내려가서 수확량을 직접 눈으로 보고 세금을 얼마나 거둘지 결정하는 것이 바로 답험손실법이지.

나경 공법은요?

세종대왕 토지의 비옥도에 따라 등급을 정하는 방식일세. 정해진 등급에 따라 세금을 거두는 것이야. 물론 풍년이냐 흉년이냐에 따라서도 수확량을 조정할 수 있게 만든 게 바로 공법이란다.

나경 그러니까 답험손실법은 관리가 직접 눈으로 보고 얼마를 거둘지 결정하는 것이고, 공법은 미리 등급을 정해 놓고 거기에 맞춰서 세금을 걷는다는 거네요. 그런데 직접 눈으로 보고 얼마나 걷을지 결정하는 게 더 합리적으로 보이는데요?

세종대왕 과인이 처음 공법을 시행하고자 했을 때도 그런 얘기들이 많았단다. 하지만 조금만 생각해 보면 그게 아니라는 걸 알 수 있지.

나경 왜요?

세종대왕 일단 관리가 지방으로 가기 위해서는 돈과 시간이 필요해. 거기다 관리가 나쁜 마음을 먹고 뇌물을 받고 세금을 덜 걷는 일도 벌어질 수 있고 말이다. 결국 나라가 거둬서 백성들을 위해 써야 할 세금들이 중간에 있는 관리와 아전 그리고 지방의 토착 세력들의 배를 불려주게 되는 거지.

나경 관리들의 농간을 막기 위해서 공법을 시행하려고 했군요.

세종대왕 답험손실법도 원래대로 하면 아주 좋은 제도였느니라. 하지만 사람이 중간에 끼면서 문제점을 노출했지. 그걸 보면서 느꼈어. 사람 대신 제도를 세워야 한다고 말이야. 그게 바로 내가 생각하는 혁신이란다.

나경 제도요?

세종대왕 사람은 변수가 너무 많아. 욕심도 있고, 고집을 가지고 있어서 종종 잘못된 판단을 내리곤 하지. 그래서 그 자리를 제도가 대신해야 해. 누가 그 자리에 앉아도 돌아갈 수 있게 말이야. 그래야 나라가 편안해지고 백성들이 안심할 수 있지.

나경 그게 세종대왕님의 혁신이라는 말이죠? 그런데 제가 알기로는 공법의 시행은 쉽지 않았다고 들었습니다만.

세종대왕 맞아. 사람들은 새로운 걸 무서워하지. 특히 공법을 시행하면 세금이 늘어날 것이라고 오해한 백성들의 반대가 많았다네.

나경 요즘도 세금이 올라가는 건 무서워해요.

세종대왕 그때도 그런 논리로 반대하는 관리들이 많았네. 하지만 과인의 생각은 달랐지. 백성들이 자신이 내야 할 세금을 미리 알고 있다면 준비할 수 있을 테니까 관리가 나와서 얼마를 거둬갈지 모르는 것보다야 훨씬 낫지. 그 과정에서 뇌물과 부정부패도 줄일 수 있고 말이야. 그래서 백성들의 뜻을 알기 위해 대대적인 조사도 시행했지.

나경 요즘 세상에서는 그걸 투표라고 부른답니다. 어떻게 당시에 그런 생각을 하셨는지 놀라울 따름이에요.

세종대왕 쑥스럽군. 그건 백성들의 목소리를 직접 듣기 위해서였어. 과인의 결정이 올바른 것인지 그 정책에 따라 직접 세금을 내야 할 백성들이 과연 좋아할 것인지 아닌지를 알고 싶었지.

나경 채팅창은 또 난리가 났네요.

김태창
조선시대에 투표라니, 머선 129

후농
거짓말하지 말아요.

마마마무
아냐. 역사 교수인가 누가 강연할 때 들었어. 세종대왕 때 투표를 한 적이 있다고 말이야.

소티즈
누구 말이 진짜야?

상암동 축구왕
나도 궁금해.

마마마무
실록에도 나와 있어요. 무려 17만 명이 참여한 대규모 투표였다고요.

안타는 쓰레기
킹 쇼킹하네.

호날두는날강두
우리 민족에게는 자유 민주주의 피가 흐르고 있었던 건가?

마마마무
진행자! 4군 6진도 물어봐. 궁금하단 말이야.

세종대왕 요즘에는 투표를 해서 왕과 영의정을 뽑는다고 들었네. 나쁘지 않은 제도 같군.

나경 투표 결과는 어땠나요?

세종대왕 오래전 일이라 잘 기억이 나지는 않지만 대략 찬성이 10만 명이 조금 못 미치고, 반대가 7만 4천 명 정도였다네.

나경 그럼 이긴 거네요?

세종대왕 아니지. 7만 명이 넘는 사람들이 반대했으니 왜 그랬는지 이유를 알고 보완을 해야 한다고 생각했지.

나경 임금이 정책을 밀어붙이지 않고 찬반투표까지 해서 이겼는데도 정책을 보완할 생각을 하셨다고요?

세종대왕 혁신이었으니까. 새로운 길은 조심해서 걸어야 하네. 한번 정해지면 바꿀 수가 없으니까 말이야.

나경 맙소사.

세종대왕 세금을 걷어야 관리들에게 녹봉을 주고, 군대를 양성할 수 있지. 하지만 열심히 일한 대가를 바쳐야 하는 백성들은 당연히 기분 좋게 바칠 수는 없어. 그러니 신중하고 또 신중하게 생각하고 바꿔야 해. 혁신은 새롭게 바꾼다는 것이지만 그 과정은 모든 변수들을 계산하고 또 계산해서 한 명이라도 억울하거나 불만을 가질 사람을 줄여야만 한단다.

나경 정말 대단해요.

세종대왕 내가 견뎌야 할 무게지. 권력의 무게는 쓰면 쓸수록 무거워지는 법이니까.

나경 얘기 잘 들었습니다. 하신 일 중에서 천문과 역법 쪽에도 많은 업적을 남기셨잖아요.

세종대왕 업적이라니, 가당치도 않구나. 나는 다만 백성들을 대신해서 하늘과 시간을 봤을 뿐이란다.

나경 관상수시라는 말을 하던데 정확하게 무슨 뜻인가요?

세종대왕 군주는 백성들에게 하늘의 모양을 보고 시간을 선물해 줄 의무가 있다는 걸 뜻한단다. 요즘은 손목시계부터 다양한 방법으로 시간을 확인하더구나.

나경 그럼요.

세종대왕 과인이 살던 시대에도 그런 게 있었다면 참으로 좋았겠지만 그러질 못했으니 다른 방식으로 시간을 확인해야만 했지. 그래서 만든 게 해시계와 물시계란다.

나경 앙부일구랑 자격루 말씀이죠? 덕수궁에서 자격루 모형 봤어요.

세종대왕 그건 일부만 복원된 거고, 국립민속박물관에 가야 제대로 된 걸 볼 수 있을게다. 앙부일구 같은 경우는 궁궐에만 두지 않았고, 종묘와 혜정교 앞에 가져다 놔서 백성들이 누구나 볼 수 있도록 했지.

나경 백성들에게 시간을 선물했군요.

세종대왕 아니지. 원래 그들이 알아야 할 것을 알게 해 줬을 뿐이란다. 과인이 재위하던 시대는 조선 초기라 온갖 평지풍파 끝에 국가가 뿌리를 내리는 중이었고, 그걸 단단히

뿌리내리게 하기 위해서는 여러 가지 제도를 정비하고 법령을 만들어야만 했어. 그래서 공법을 만들고, 한글을 창제했던 것이지. 과인이 만든 제도와 법령들이 잘 자리잡을 수 있도록 말이야. 그것이 과인이 행한 혁신이었다면 혁신이지.

나경 하늘을 본 것도 그런 혁신의 종류였나요?

세종대왕 조선은 농업에 기반을 둔 국가였단다. 풍년이 들면 즐거웠지만 가뭄으로 흉년이 들면 과인은 가슴을 치고 곡기를 끊어가면서 하늘에 비를 내려달라고 고하기도 했지. 하지만 국가의 운명을 하늘에만 맡길 수는 없는 법. 하늘을 읽고 시간을 알아야, 제때 씨를 뿌리고 수확을 할 수 있는 법이니.

나경 혼천의 같은 것도 그렇게 만든 건가요?

세종대왕 우리가 중국과 다른 것은 말 뿐만이 아니었어.

나경 그럼요?

세종대왕 중국에서 수입한 역서와 천문서들은 우리의 시간, 하늘과 달랐단다. 그래서 장영실과 이천 등에게 명해서 우리의 시간과 하늘을 알 수 있는 것을 만들라고 명했지.

나경 그래서 만든 게 혼천의 같은 거로군요.

세종대왕 그렇단다. 한글을 만들 때만큼은 아니지만 신하들이 중국과의 관계를 이유로 반대했지. 하지만 과인은 우리의 하늘을 봐야 할 필요가 있었기 때문에 과감하게 밀어붙였지.

나경 본인에게 주어진 의무를 잘 해내셨다고 믿나요?

세종대왕 과인은 부인의 눈물을 본 적이 많았네. 과인이 그냥 아바마마의 셋째 아들 충녕대군으로 남았다면 장인어른은 사약을 받지 않으셨을 것이고, 처갓집이 멸문을 당하지도 않았을 거야. 그렇게 오른 군주의 자리인데 어찌 마음 편히 지낼 수 있었겠는가. 과인이 할 수 있는 일이 무엇이고, 그것을 위해 어떤 길을 걸어야 할지 고민해야만 했지.

나경 부담스럽지는 않았나요?

세종대왕 아니라고 하면 거짓말이겠지. 하지만 그것이 과인에게 정해진 운명이었으니 받아들일 수밖에.

나경 채팅창에서도 나왔고, 저도 여쭤보고 싶은 게 바로 4군 6진의 설치입니다. 그걸로 우리나라 국경이 완성된 거잖아요.

세종대왕 그 일 말인가? 조선이 건국하고 나서 가장 골칫거리는 북쪽의 여진족이었단다. 혹시 여진족 1만 명이 모이면 천하가 감당할 수 없다는 얘기를 들어 본 적 있느냐?

나경 그런 얘기가 있었나요?

세종대왕 물론이지. 여진족은 날래고 흉폭한 데다 말을 잘 탔기 때문에 그들이 힘을 합치면 천하가 혼란스러워졌지. 금나라를 세워서 요나라를 멸망시키고 고려와 송나라를 괴롭힌 적도 있었고 말이야.

나경 수업시간에 배운 적이 있어요. 그런 여진족을 상대로 전쟁을 벌인 이유는 뭔가요?

세종대왕 전쟁이라기보다는 국경을 확정짓기 위한 작업이었지. 무릇 나라가 안정되려면 국경선을 튼튼히 하는 게 무엇보다 중요하니까 말이다. 고려 때는 왜구와 홍건적들이 마치 제집 드나들 듯 드나들면서 백성들을 괴롭히고 약탈했지.

나경 특히 왜구들이 엄청나게 많이 쳐들어왔죠.

세종대왕 당시 왜구는 대마도를 정벌하면서 잠잠해졌어. 반면, 여진족들은 여전히 위협적이었단다. 틈만 나면 우리를 공격하고 노략질을 했으니까 말이다.

나경 그들은 왜 조선을 괴롭힌 거죠?

세종대왕 요즘은 듣자하니 국경선이라는 것이 엄격하게

지켜진다고 하더구나.

나경 그렇죠.

세종대왕 우리 때는 그런 게 없었단다. 그러니 쉽게 오고
갈 수 있었지. 거기다 여진족은 부족 단위로 흩어져서 지냈
기 때문에 남의 것을 빼앗거나 사람을 죽여도 제대로 처벌
을 할 수 없었어.

나경 그래서 쳐들어온 거군요?

세종대왕 물론 단순히 볼 수 있는 문제는 아니란다. 발해
가 멸망하고, 고려가 천리장성을 쌓은 이래 압록강과 두만
강 일대는 그들의 땅이었으니까, 우리는 저들을 약탈자라
고 비난하지만 저들 입장에서 보면 우리가 침략자일 수도
있지.

나경 아, 그렇군요. 채팅창에서도 비슷한 얘기들이 나오
고 있네요.

+ ‎ 　　　　　　　　　　　　　　　　　　　　　　　　ㅇ_✕

MJ
여진족이 무조건 나쁜 놈인 줄 알았는데 다 사연이 있었군요.

눈 아픈 소크라테스
예전 교과서에는 진출이나 개척이라는 표현을 썼는데 좀 불편

했어요. 침략이긴 했으니까요.

나학준
그게 무슨 얘깁니까? 저긴 예전부터 우리 민족의 땅이었다고
요.

Peang
4군 6진, 교과서에서 봤어.

마마마무
무찌르자! 여진족!

바나나보틀
뒤늦게 보기 시작했는데 재밌네.

곽경든이거든
세종대왕 코스프레 잘 어울린다. 어디서 저런 배우를 섭외했을
까? 구독 각이야.

세종대왕 아바마마께서도 신경을 많이 쓰신 일이었지. 하
지만 여진족을 상대로 전투를 벌이는 건 쉬운 일이 아니었
어. 바람처럼 나타났다 사라져서 뒤쫓기도 어려웠고, 기껏
따라잡으면 매복이었던 경우가 많았으니까.

나경 전투종족이었군요.

세종대왕 살아남으려면 그럴 수밖에 없었겠지. 어쨌든 아
바마마께서 왜구 문제를 정리해 주신 덕분에 과인은 여진

족 문제에 전념할 수 있었다네.

나경 4군 6진의 설치가 그 문제의 해결책이었나요?

세종대왕 일단 국경을 어디로 정할지가 문제였지. 북방의 땅은 춥고 황량해서 농사를 짓기 어렵기 때문에 대신들은 반대했다네.

나경 하긴, 게임에서는 국경 정하는 게 마우스 클릭하고 버튼 몇 번이면 되지만 현실은 다르니까요.

세종대왕 그래서 황초령이나 마운령 같은 높은 고개에 관문을 설치하고 그곳을 국경으로 삼자는 말도 있었지만 그건 과인이 반대했네.

나경 왜요?

세종대왕 산에 올라가 본 적 있느냐?

나경 산이요? 뒷산에 몇 번 올라갔죠.

세종대왕 산은 늘 비바람이 치고, 겨울에는 몹시 춥단다. 그런 곳을 지키기는 힘들어. 거기다 우회로도 많아 지나쳐 가기 십상이지.

나경 그렇긴 하네요.

세종대왕 그래서 과인은 두만강과 압록강을 경계로 삼고, 그 너머에 웅번을 세우고자 했어.

나경 웅번은 뭔가요?

세종대왕 우리의 말을 잘 따르는 여진족이지. 그들이 강 너머의 울타리 역할을 해 주면 적이 쳐들어올 때 미리 알고 대비를 할 수 있거든.

나경 일종의 경고장치군요. 하지만 말처럼 쉽지는 않았을 텐데요.

세종대왕 물론이지. 대신들의 반대도 심했고, 여진족과의 싸움도 쉽지 않았으니까. 다행히 과인에게는 김종서와 최윤덕이 있었지.

나경 그 두 사람이 4군과 6진을 세운 거죠?

세종대왕 둘 중 한 사람이라도 없었다면 과인의 뜻을 이루지는 못했을 것이야. 두 사람은 그 누구보다 열성적으로 과인의 뜻을 따라줬지. 먼저 4군을 설치하고 그 이후에 6진을 설치했어. 여진족이 계속 공격해 왔지만 일단 요새를 만들면 지키기는 어렵지 않단다.

나경 여진족은 성을 공격하지 못했나요?

세종대왕 시도는 했지. 하지만 말을 타고 싸우는 게 익숙해서 그런지 생각보다는 위력적이지 못했단다. 거기에 우리가 배치한 화포가 큰 위력을 발휘했고 말이다.

나경 아! 화약 무기 말이군요.

세종대왕 맞아. 요란한 폭음과 불꽃이 나면 여진족들이
겁을 먹었어. 그들에게는 없는 무기였으니까.

나경 채팅창에도 얘기가 나오네요.

나경짱!
우리는 흥의 민족이 아니라 포의 민족이었어!

타이거김
그 후손이 바로 포방부라 카더라.

j! yang
화약의 DNA가 흐르고 있었어.

Military Class
화약 무기는 최무선이 만든 것이라고 알고 있지만 사실은 도입
한 거고요. 이후에 계속 발전시키면서 나라를 지키는 데 유용
하게 사용했습니다. 특히 임진왜란 때 일본을 물리치는 데 큰
효과를 봤죠.

팟빵튜브
위에 아저씨, 잘난 척 자제요.

Military Class
너는 누구네 집 자제냐?

팟빵튜브
에휴. 아재 개그도 자제요.

나경 그럼 어떤 방식으로 4군과 6진을 설치하고 유지했나요?

세종대왕 일단 여진족을 막을 수 있는 지역에 진을 설치하고, 군대를 보냈지. 그리고 체탐인들을 이용해서 적정을 탐지했단다.

나경 체탐인은 또 뭔가요?

세종대왕 적정을 살피는 자들을 체탐인이라고 해. 강 건너 여진족들이 사는 마을을 몰래 엿보고, 적들이 쳐들어올 기미가 있는지 확인하고 돌아와서 보고하는 것이지.

나경 스파이네요. 완전 위험했겠는데요?

세종대왕 물론이지. 여진족에게 들키거나 들짐승에게 공격을 받아서 돌아오지 못한 체탐인들이 한둘이 아니었단다. 그래서 사형수들을 체탐인으로 쓰려고 했지.

나경 사형수요?

세종대왕 그래, 어차피 사형 판결을 받고 죽을 목숨이니, 체탐인으로 갔다가 죽어도 손해는 아니니까.

나경 살아서 돌아오면요?

세종대왕 그때는 사면을 시켜주는 거지.

나경 영화 같네요. 그래서 진짜 실행한 건가요?

세종대왕 아니, 과인의 의견에 현지 지휘관인 평안도 도절제사 이천이 반대를 하였다네.

나경 무슨 이유로요?

세종대왕 일단 사형수 중에 체탐인으로 쓸 만한 자들을 구하기 쉽지 않고, 죄질이 나쁜 자들을 통제하기 어렵다는 이유였지. 거기다 사형수들이라 국경을 넘어가 여진족에게 항복하면서 오히려 우리쪽 정보를 넘겨줄 수 있다며 반대했지.

나경 듣고 보니 그러네요. 그렇게 수비를 하면서 국경을 지킨 건가요?

세종대왕 지키기만 한 건 아니란다. 만악의 근원 이만주를 잡기 위해 군대를 동원해서 파저강 유역을 토벌한 적도 있었지.

나경 파저강이요? 이만주는 또 누군가요?

세종대왕 파저강은 압록강의 지류 중 하나지. 보통 여진족은 강을 끼고 살았는데 파저강에 바로 이만주가 이끄는 여진족이 자리를 잡고 있었지. 이만주는 여진족 족장 중 한 명이야. 그자는 유독 우리 조선을 괴롭혔는데 틈만 나면 압록강을 건너서 우리 백성들을 죽이거나 끌고 갔단다.

나경 그래서 군대를 보낸 건가요?

세종대왕 고민을 많이 하긴 했지만 토벌대를 보내기로 했단다. 평안도 병마도절제사 최윤덕으로 하여금 2만 대군을 이끌고 이만주의 근거지를 소탕하라고 했지.

나경 2만 명이나 보냈다고요?

세종대왕 생각 같아서는 더 보내고 싶었지만 그 정도가 한계였지. 최윤덕과 여러 장수들이 나아가서 파저강 일대의 여진족 마을을 공격하고 불태웠단다.

나경 마을을 쑥대밭으로 만들었다고요?

세종대왕 가슴 아픈 일이지만 어쩔 수 없었어. 우리를 노략질하면 자기네 마을도 무사하지 못하다는 걸 보여줘야 했으니까 말이다.

나경 그래서 이만주는 잡았나요?

세종대왕 아니, 눈치가 빠른 놈이라 진즉 도망치고 말았지. 그 후로도 파저강을 또 공격했지만 피해가고 말았어. 나중에 세조 때 남이 장군이 이끄는 조선군이 근거지로 쳐들어가서 목을 베는 데 성공했단다.

나경　그런 사연이 있었군요. 나라가 비록 두 동강이 나서 안타깝긴 하지만 그때 전하께서 정해놓은 국경선이 지금까지 유지되고 있어요.

세종대왕　영토가 확정되었다는 점은 기쁘기 그지없는 일이지.

나경　역사가 만들어진 순간이지요.

세종대왕　그때는 일을 너무 많이 하고 나이가 들어서 눈도 나빠지고 몸도 여기저기 아팠지. 하지만 이렇게 먼 후손들이 알아주니 반갑기 그지없네. 참, 다음에 올 손님들도 역사에 큰 혁신을 남긴 사람이니 반갑게 맞이해 주게.

나경　어떤 사람들인데요?

세종대왕　아까 얘기한 금속활자와 관련이 있는 사람들이야.

얘기를 마친 세종대왕이 어험 하며 기침소리를 냈다. 본능적으로 끝내야 할 때라는 걸 깨달은 나경이는 의자에서 일어나 꾸벅 인사를 했다.

"이런 곳까지 와 주셔서 감사합니다. 세종대왕님."

"오랜만에 세상 구경을 해 보니 좋구나. 즐거운 시간이었느니라."

"살펴 가십시오."

"삼봉의 후손답게 예의가 바르구나."

세종대왕이 허허 웃으며 방을 나가자 나경이는 그제야 참았던 숨을 내쉬었다. 세종대왕님과의 이야기에 빠져 시간이 얼마나 흘렀는지도 몰랐다. 하지만 난리가 난 댓글창을 보면 꿈이 아니라는 건 확실했다.

도마도리
진짜 세종대왕 같은데?

마마마무
정말 세종대왕이라니까요.

잘 생긴 백도훈
고기 좋아하시게 생겼네.

푸드 시크
본격 세종대왕 만난 썰 푼다.

별사탕은 별다방에서
으으, 진짜 시간 순삭이네.

쭈니쭈니
주작 같지만 진짜라고 믿고 싶다.

타이거박
세종대왕 만세!

이박저박
다음 편 없어요? 다음 편 내놓으라고.

간신히 정신을 차린 나경이는 종을 들고 흔들었다. 일단 숙제로 낼 영상을 확인해야만 했기 때문이다.

"세종대왕이라니."

아직도 믿겨지지 않아서 볼을 살짝 당겼다가 저도 모르게 얼굴을 찌푸렸다.

"아얏!"

책이나 드라마에서 간접적으로 만났던 세종대왕님을 직접 만났다는 사실이 믿을 수 없으면서 기뻤다.

"이 정도면 숙제도 문제없겠어."

반장을 비롯한 아이들이 믿을지 안 믿을지 모르겠지만 일단 그럴듯한 영상을 확보한 건 사실이었다. 나경이는 인형들이 놓여 있던 자리의 다른 인형들을 살펴봤다. 회색 승복에 삭발을 한 스님 인형이 세 개 있었다.

"누구지?"

그리고 휴대전화에서 다시 띠링 하는 소리가 울리면서 문서가 도착했다.

"스님이 온다는 걸까?"

화면을 들여다봤지만 검정 실루엣만 보였다. 그리고 아래쪽에는 이름이나 업적 대신 짧은 문구가 적혀 있었다.

"남겨진 기록이 존재하지 않음. 직접 물어볼 것."

그러면서 두 번째 초대 손님 입장이라는 문구가 떴다.

"두, 두 번째라고?"

놀라서 고개를 들었을 때 문이 벌컥 열렸다.

두 번째 초대 손님

이번에는 한 명이 아니라 여러 명이었다. 정확하게는 두 명의 남자와 한 명의 여자였는데 모두 머리를 깎고 승복을 입고 있었다. 자리를 잡고 있는 인형들과 딱 맞아떨어졌다. 나경이는 저도 모르게 일어나서 두 손으로 합장을 했다.

"누, 누구세요?"

방금 전 만난 세종대왕님도 놀라운 일이긴 했는데 처음 보는 스님들도 놀라웠다. 그러자 앞서 들어온 푸근한 인상의 스님이 합장을 하며 대답했다.

"유투보에 우리를 초대한다고 해서 찾아왔습니다. 소승은 흥덕사의 석찬이고 제 옆의 키 큰 스님은 달잠, 그 옆의 비구니는 묘덕이라고 합니다."

원효대사부터 역사 속의 유명한 스님들을 차례로 떠올

리던 나경이가 조심스럽게 물었다.

"죄송합니다. 제가 공부가 부족해서 어떤 일을 하셨는지 모르겠네요."

그러자 석찬 스님 옆에 있던 달잠 스님이 크게 웃었다.

"그럴 수밖에. 요즘에는 다들 역사 공부를 잘 하지 않잖아."

달잠 스님의 말에 나경이가 고개를 끄덕이며 쓴웃음을 지었다.

"맞아요. 다들 역사는 암기과목이라고 생각해요."

"그래서 우리를 보낸 거 같군. 역사는 외우는 게 아니라는 걸 증명하기 위해서 말이야. 어서 가서 앉도록 하세."

나경이는 세 명의 스님과 나란히 앉았다.

마마마무
이번에는 스님들이시네요. 뭐하던 분들일까요?

내 이름은 개똥이
임진왜란 때 용감하게 싸운 스님들인가?

Shotgun Bom
언제 적 사람들이지? 힌트를 좀 달라고!

도리도리
누구냐, 누구!

별사탕은 별다방에서
힌트 힌트 힌트 힌트　ㅋㅋㅋㅋ

타이거박
원효랑 의상 스님인가?

별사탕은 별다방에서
그럼 옆에 있는 비구니는 요석 공주야?

타이거박
재미없거든요.

　채팅창에는 스님들의 정체를 궁금해 하는 댓글이 수없이 올라오는 중이었다. 앞서 세종대왕님과 얘기를 나눌 때는 채팅창을 제대로 볼 여유조차 없었는데 어느새 이 상황에 조금 익숙해진 것 같았다. 나경이가 조심스럽게 세 사람에게 물었다.

　"그런데 무슨 일을 하셨나요?"

　그러자 묘덕 스님이 가볍게 웃었다.

　"우리? 한 게 없는데. 책을 하나 만든 거 빼고는."

　"어떤 책이요?"

"〈백운화상초록불조직지심체요절〉, 보통은 줄여서 〈직지〉나 〈직지심체요절〉이라고 부르지. 직지심경이라고 부르는 사람이 있긴 한데 불경이 아니니까 잘못 알고 있는 거야."

묘덕 스님의 대답을 들은 나경이는 입을 다물지 못했다. 아까 세종대왕님이 얘기했던 〈직지심체요절〉을 인쇄한 사람들이라는 사실을 깨달았기 때문이다.

〈직지심체요절〉은 고려시대 청주의 흥덕사에서 금속활자로 찍은 책인데 원래는 상권과 하권이 있지만 현존하는 금속 활자본은 하권뿐이다. 인쇄기가 없던 시절에는 책을 만들려면 사람이 직접 옮겨 적는 수밖에는 없었고 그러다 보니 너무 오랜 시간이 걸렸다. 그래서 나온 게 바로 활자였다. 나무나 금속에 글씨를 새기고 그걸 틀에 넣어서 고정시킨 다음에 먹을 바르고 종이에 찍는 방식이었다. 절차가 좀 복잡하긴 하지만 일일이 손으로 쓰는 것보다 훨씬 더 빠르고 정확하게 책을 만들 수 있었다.

고려시대는 불경을 만들기 위해 각종 인쇄술이 발달했는데 대표적인 것이 해인사에 있는 수만 개의 목판으로 만든 〈팔만대장경〉이다. 책의 한 페이지를 나무판에 인쇄했다. 목판 인쇄 다음으로 나무로 만든 목활자나 금속으로 만든 금속활자가 등장했다. 한 글자씩 만들었기 때문에 책을 하나 만들 때마다 수십, 수백 개의 목판을 만드는 것보다 훨씬 더 편리했고, 나중에 활자를 다시 조합해서 다른 책을 찍을 수도 있었다.

처음에는 목활자를 썼지만 나무였기 때문에 갈라지거나 닳는 일이 많았다. 그래서 금속활자로 대체되었는데 정교한 기계가 없던 시절이라 쇠를 녹여서 금속활자를 만드는 것이 쉬운 일이 아니었다. 하지만 고려에서는 금속활자를 만들어 책으로 인쇄하는 데 성공했다. 서양의 구텐베르크가 금속활자를 이용해서 〈성경〉을 인쇄한 것보다 78년이나 빨랐다.

하지만 아쉽게도 그런 중요하고 위대한 〈직지심체요절〉은 우리나라가 아니라 저 멀리 프랑스에 보관되어 있다. 한말 프랑스 공사관 직원인 빅토르 콜랭 드 플랑시가 구매해서 본국으로 가지고 돌아갔기 때문이다. 그렇게 역사 속으로 사라질 뻔했던 〈직지〉는 1967년 프랑스로 유학을 떠났던 박병선 박사가 프랑스 국립도서관에서 일하던 도중에 발견하면서 다시 빛을 보게 되었다.

박병선 박사는 병인양요 당시 프랑스군이 강화도에서 약탈한 외규장각 문서와 함께 〈직지심체요절〉의 존재를 세상에 알렸다. 그 후, 대한민국에서 반환해달라는 요구를 했지만 프랑스 정부는 아직까지 거절하고 있는 중이었다.

놀란 나경이가 물었다.

"〈직지심체요절〉이면 세계 최초의 금속활자로 만든 책 아닌가요?"

달잠 스님이 고개를 저었다.

"현존하는 세계 최초의 금속활자본이지. 우리가 찍기 이전에도 금속활자로 찍은 책은 있었을 거야. 하지만 남아 있는 건 현재로서는 우리 책이 가장 빠르지."

"그걸 세 분이 만드신 거라고요?"

나경이는 너무 놀랐지만 앞서 세종대왕님과 직접 만났기 때문인지 비교적 침착한 목소리로 물었다. 셋은 서로를 바라보며 동시에 고개를 끄덕거렸다. 나경이는 두 번째 역사 유튜브 시간이 시작되었음을 깨달았다.

나경 세 분 모두 반갑습니다. 아까 들어오면서 인사를 나누긴 했는데 각자 인사 부탁드려요.

석찬 만나서 반갑습니다. 역사 유튜브 시청자 여러분. 저는 고려 시대 청주목에 있는 흥덕사의 석찬이라고 합니다. 백운화상인 경한 스님의 시자, 지금으로 치면 비서 노릇을 했지요.

달잠 석찬 스님과 함께 흥덕사에 있던 달잠입니다.

묘덕 저는 비구니 묘덕이라고 합니다.

나경 세 분은 어떤 이유로 〈직지심체요절〉을 금속활자로 만들었나요?

석찬 제가 모시고 있던 경한 스님께서 중국 호주의 석옥 선사에게 가르침을 받으면서 〈불조직지심체요절〉이라는 책을 받으셨지요. 그 후 안국사와 신광사에서 주지로 계시면서 불법을 익히고 제자들을 양성하셨습니다. 그러다 성불산의 성불사라는 곳에서 두 권의 〈직지심체요절〉을 만들고 입적하셨습니다. 요즘 사람들이 쓰는 서기로 하면 1377년이지요.

나경 그러니까 〈직지심체요절〉을 쓰신 경한 스님은 금속활자로 인쇄하기 전에 이미 돌아가셨다는 말이군요.

달잠 맞아. 그래서 이 책을 인쇄한 건 돌아가신 스승님을 기리기 위한 뜻도 있었어. 입적하신 여주 취암사에서 목판본으로 한 번 만든 적도 있었고 말이야.

나경 그러니까 〈직지심체요절〉은 금속활자로 인쇄하기 이전에 이미 목판본으로 만들었군요.

달잠 석옥 선사께서 선물한 〈직지심체요절〉에 본인이 내용을 추가해서 만드셨지. 참선을 하면 그 마음이 곧 부처님의 마음과 다를 바가 없다는 뜻이 담긴 것으로 스승님께서 평생에 걸쳐 정진하면서 터득한 내용이었어.

나경 그런데 목판본으로 먼저 인쇄를 했으면서 왜 금속활자로 따로 찍었나요? 덕분에 우리가 구텐베르크보다 78년 일찍 금속활자로 된 책을 가질 수 있긴 했지만요.

달잠 그건 여주 취암사에서 목판본으로 만들 때 관여했던 묘덕 스님이 대답해 줄 문제인 것 같구나.

묘덕 이렇게 나서기 참으로 민망합니다. 경한 스님께서 입적하신 여주 취암사에서 목판본으로 인쇄를 한 적이 있어요. 혹시 목판본이 뭔지 아시는지요?

나경 물론이죠. 〈팔만대장경〉이 목판본이잖아요. 나무판에 글씨를 새겨서 종이에 찍는 방식이죠?

묘덕 잘 아는군요. 나무를 구해서 일정한 크기로 자른 다음에 소금물에 담그거나 쪄서 말려야 합니다. 그 다음에는 햇빛에 충분히 말려서 뒤틀리지 않게 한 후에 대패로 표면을 매끈하게 다듬죠. 그다음에 글씨와 그림을 그리고, 주변을 파내는 방식이죠.

나경 그 판목에 먹칠을 하고 종이를 대면 찍히는 거죠?

묘덕 맞아요. 목판에 먹물을 골고루 묻힌 다음 종이를 대고 조심스럽게 눌러서 찍는 거죠. 그렇게 인쇄된 종이를 모아서 책으로 만듭니다.

나경 그런 과정을 거쳤군요. 목판본으로 만들기가 불편해서 금속활자로 〈직지심체요절〉을 찍은 건가요?

묘덕 사실, 〈직지심체요절〉을 찍을 당시에는 금속활자보다 목판본이 더 편했어요.

나경 그런데 왜 흥덕사에서는 목판본 대신 금속활자로 찍으신 거죠? 채팅창에도 그게 궁금하다는 의견들이 많이 올라오고 있네요.

월드컵 Z
편한 게 아니라 오히려 불편했다고 하는데 그런데 왜 금속활자로 책을 만든 거죠?

나나나낭
서양보다 빠르다니, 진짜 개쩐다.

김봉호님
교과서에서 봤던 거네.

YWSD
박물관에 가서 설명 들었을 때 뭉클했는데 여기서 다시 보네.

디디에 들어봐
처음에는 금속활자로 만드는 게 더 어려웠다니, 몰랐네. 몰랐어.

마마마무
배우들인가요? 연기가 너무 자연스러워. 이 유튜브 정체가 뭐야?

타이거박
그래 봤자 서양의 인쇄기술이 금방 앞질러가서 별로 의미가 없긴 해.

드롱콕
옛날에는 책을 저렇게 만들었구나. 우리 집 서점하는데.

박띠용
띠용! 신기한 이야기!

나빌레라
금속활자로 찍는 게 더 편하지 않았을까? 왜 반대로 역주행을 하지. 수상쩍네.

드롱콕
네가 더 수상쩍어!

묘덕 목판본은 몇 가지 단점이 있었어요.

나경 단점이요?

묘덕 가격이 굉장히 비쌌고, 보관하기가 어려웠지요. 아무리 소금물에 담그고 햇빛에 말린다고 해도 시간이 지나면 뒤틀리고 부서졌고요.

나경 아! 나무라는 한계 때문이군요.

묘덕 그래서 흥덕사에서 다시 찍기로 했을 때 금속활자로 만들기로 했죠. 경한 스님의 시자였던 석찬 스님의 뜻이 컸습니다.

석찬 쑥스럽습니다. 저는 혁신을 해 보고자 금속활자로 찍기로 마음먹었지요.

나경 혁신이요? 아까 오신 세종대왕께서도 혁신에 대해서 얘기해 주셨어요.

석찬 불교에서는 여러 가지 가르침을 주고 있는데 혁신도 그 중 하나이지요. 나를 새롭게 하고, 매일 새롭게 수양과 참선을 하면 부처님의 마음을 가질 수 있다고 말입니다.

나경 그래서 금속활자로 만들기로 한 건가요?

석찬 맞습니다. 경한 스님께서도 매일매일 새로워져야 한다고 말씀하셨지요. 그래서 그걸 실천하기 위해 금속활자로 찍기로 했습니다. 아울러, 몇 가지 장점들이 있기도 했고요.

나경 어떤 점일까요?

석찬 한 번 만들어 놓으면 재활용이 가능했습니다. 목판본의 경우에는 책 한 권의 내용을 그대로 담았기 때문에 다른 책을 만드는 건 불가능합니다. 하지만 금속활자는 한 글자씩 따로 만들어져 있기 때문에 얼마든지 새로운 책을 만들 수 있도록 다시 활자를 조합할 수 있지요.

나경 애써 만든 것을 다시 쓸 수 있게 하는 것도 혁신이겠네요. 당시로서는 말이죠.

석찬 그리고 보관도 편리했지요. 목판본의 경우 한 권 분량의 목판본을 보관하려면 전각 하나를 통째로 써야만 했습니다. 반면, 금속활자는 작은 조각이기 때문에 그 정도까지는 필요가 없었습니다.

나경 하지만 단점도 없진 않았겠죠?

석찬 물론이죠. 완성된 〈직지심체요절〉을 보면서 한숨이 나올 때가 많았습니다. 목판은 하나의 판목에 한 면 전체를 새기기 때문에 반듯하게 만들 수 있습니다. 하지만 금속활자는 활자 하나하나를 끼워야 하는데 처음에는 그게 쉽지

않았죠.

달잠 진짜 하다가 몇 번이고 때려치우고 싶었어.

나경 어떤 방식으로 끼웠는데요?

달잠 활판에 밀랍을 바르고, 금속활자를 하나씩 놓는 과정을 거쳐야 했지. 그 와중에 글씨가 비뚤어지거나 위아래가 너무 붙어버리기도 했어. 겨우 활판 위에 활자를 고정시켜도 인쇄를 하는 과정에서 제대로 찍히지 않아서 희미하게 나온 경우도 있고 말이야.

나경 원래 처음은 다 어설프게 마련이잖아요. 그런데도 금속활자로 찍은 이유는 무엇인가요?

석찬 발자국을 남기기 위해서입니다. 혹시 눈이 쌓인 곳을 걸어본 적이 있나요?

나경 요즘은 제설작업을 바로 해서 많이 보진 않지만 학교에서 집으로 올 때 가끔 눈을 밟아요.

석찬 눈이 쌓이면 길이 안 보입니다. 그래서 자연스럽게 앞에 사람이 걸었던 발자국을 찾게 되지요.

나경 맞아요. 가끔 길이 헷갈릴 때가 있는데 발자국들이 있으면 안심이 돼요.

석찬 저는 그런 발자국이 되었으면 하는 바람으로 금속활자로 찍은 〈직지심체요절〉을 만들었습니다.

나경 눈에 찍힌 발자국 같은 역할이요?

석찬 무릇 세상 모든 일에는 처음이 있는 법이지요. 태어날 때의 첫 울음부터 옹알이에서 벗어나면서 애기하는 첫 마디, 불가에 들어오게 되는 첫 계기처럼 말입니다. 제가 〈직지심체요절〉을 찍을 무렵에는 목판인쇄가 보편적이었습니다. 하지만 한계가 명백했고, 새로운 길로 나아가기 위해서 금속활자를 선택했습니다.

달잠 당시에는 번거롭고 쓸데없는 짓이라는 얘기도 많았어. 하지만 뚝심 있게 밀어붙여서 결국 금속활자로 〈직지심체요절〉을 찍게 되었지.

나경 목판본에 비해서 만들기가 많이 어려웠나요?

달잠 번거로웠지. 우선 글자를 밀랍에 새긴 어미자를 만든 다음에 주형을 만들고 쇳물을 부어서 금속으로 만들어야 했거든. 거기다 완성된 활자를 갈고 다듬어서 일정한 크기로 만드는 것도 쉬운 일이 아니었어. 몇 번이나 실패했고, 사실 완성된 결과물도 마음에 들진 않아.

나경 그런데 왜 고집을 부리셨나요?

석찬 스승님 때문이었답니다. 만약 살아계셨다면 금속활자로 찍는다고 했을 때 크게 기뻐하셨을 것이라 믿어 의심치 않습니다.

나경 눈 위의 발자국처럼 말인가요?

석찬 맞습니다. 새로운 것은 늘 두려움의 대상이 되곤 합니다. 그래서 우리나라에 불교가 들어왔을 때 엄청난 탄압을 받았지요. 금속활자 역시 편리함을 가지고 있었지만 해보지 않았다는 이유로 외면을 받고 있었답니다. 그걸 벗어나기 위해서 〈직지심체요절〉을 금속활자로 찍은 것입니다.

나경 혁신은 눈 위의 발자국 같은 건가요?

묘덕 그건 제가 대답해드려야겠군요. 저는 목판본으로도 찍어보고 금속활자로도 찍어봤습니다. 책 자체는 취암사에서 목판본으로 만든 것이 훨씬 잘 나왔습니다. 하지만 저는 금속활자가 여러모로 편리하다는 걸 알게 되었습니다. 보관이 편리하고 다른 책을 찍을 때 다시 쓸 수 있기 때문이죠.

나경 맞아요.

묘덕 〈직지심체요절〉만 찍는다면 손해지만 그걸로 다른 책들을 찍을 수 있다면 분명히 실패는 아니랍니다. 세상을 널리 이롭게 할 수 있다면 우리의 손해와 실패는 얼마든지

감수할 수 있다는 생각이었죠.

나경 멋진 말이네요. 아까 세종대왕님은 혁신이 제도라고 하셨는데 눈 위의 첫 발자국이라는 말도 잘 어울려요.

달잠 우리가 고생을 해서 그렇지 보람은 많이 느껴. 최초라는 말에 집착할 필요는 없지만 우리가 세상에서 가장 먼저 금속활자의 첫 발자국을 찍었으니까 말이야.

나경 서양보다 수십 년 앞섰어요. 지금까지 많은 나라와 학자들이 조사하고 찾아봤지만 발견된 적이 없거든요.

석찬 책은 지식을 널리 전파하고 뜻을 알리는데 가장 유용한 수단입니다. 금속활자는 그런 책을 많이 만들 수 있는 혁신적인 기술이고요. 후손들이 그걸 잊지 않고 이어줘서 나와 동료 그리고 스승님 모두 기뻐하고 있습니다.

나경 어쨌든 그렇게 해서 우리는 현존하는 가장 오래된 금속활자로 된 책을 가지게 되었네요.

묘덕 저도 그 사실을 알았을 때 기분이 묘했답니다. 하지만 우리들은 스승님의 뜻을 기억하고 이루었다는 것에 더 큰 기쁨을 느끼고 있지요.

나경 얘기를 나누는 사이에 댓글이 엄청 올라왔네요.

이태리 때수건
우와! 첫 발자국이라니. 느무 멋져.

돌도리롱
직지심경이 아니라 직지심체요절이었네요. 역사는 너무 어려워서 요절하겠어용.

마마마무
감동적이네요. 직지심체요절은 세계에 자랑할 만한 문화유산입니다. 그런데 프랑스에 있다는 게 안타깝네요.

이태리 때수건
프랑스에 있어요? 우리나라가 아니라.

김진옹
기사에서 봤어요. 지금 프랑스 애들이 가지고 있죠.

마마마무
그나마 알려지지 않았다가 고 박병선 박사님께서 세상에 알리셨죠. 그래서 그분을 직지의 대모라고 부른답니다.

Shotgun Bom
그런 사연이 있었네요. 빨리 돌려받아야겠군요. 프랑스는 얼른 직지를 내놔라!

마마마무
예전에 고속열차 입찰할 때 프랑스가 자신들을 뽑아주면 책을 돌려주겠다고 했어요. 그런데 되고 나서는 사서들이 반대한다는 이유로 입을 싹 닦아버렸죠. 진짜 나빠요.

묘덕 〈직지심체요절〉이 외국에 있다는 소식을 들었습니

다. 그게 운명이라면 어쩔 수 없지만 안타까운 일이네요.

나경 한말에 프랑스 외교관이 구입해서 가져갔어요. 요즘 같으면 어림도 없는 얘기지만 당시에는 지금처럼 문화재라는 개념이 없었을 때니까요.

묘덕 〈직지심체요절〉을 찍은 흥덕사도 그 후에 사라졌지요.

나경 우리 문화재인데 꼭 돌려받아야죠.

달잠 가서 따지고 싶지만 그럴 수도 없으니, 후손들이 더 노력해 주길 바랄 뿐이야.

나경 저는 지금까지 〈직지심체요절〉이 현존하는 가장 오래된 금속활자로 만든 책이라고만 생각했어요. 하지만 첫 발자국이 되고 싶어 하는 혁신의 마음이 담겨 있었다는 건 오늘 처음 알았어요.

달잠 그런 복잡한 얘기는 필요 없고, 하나만 기억하면 돼.

나경 어떤 거요?

달잠 두려워하지 말라는 거. 세상 모든 것은 첫 번째가 있기 마련이야.

나경 그렇죠.

달잠 처음이 되는 걸 두려워해서는 안 돼. 스승님의 가르침도 그랬고 말이야.

달잠 스님의 얘기를 끝으로 세 사람 모두 홀가분한 표정을 지었다. 끝낼 때가 되었다는 생각에 나경이는 고맙다는 말을 했다. 그러자 묘덕 스님이 눈빛을 반짝거렸다.

"고마운 건 우리지요. 이렇게 불러 줘서 얘기할 기회를 주었잖아요. 아마 다음에 나올 분도 할 얘기가 많으실 겁니다."

"그게 누굴까요?"

"우리보다 수백 년 뒤에 태어나고 살아가신 분이죠. 비록 우리와 가는 길은 다르지만 말입니다."

"얘기를 잘 들어보도록 하겠습니다. 그리고 하루 빨리 〈직지심체요절〉이 우리나라로 돌아왔으면 좋겠어요."

"열심히 노력해다오."

나경이의 말에 달잠 스님이 말했다.

세 사람은 인사를 남기고 방을 나갔다.

"세종대왕님의 혁신은 제도고, 〈직지심체요절〉을 만든 세 분 스님의 혁신은 눈 위의 첫 발자국이었네."

나경이가 중얼거렸다.

첫 번째 손님은 교과서에서도 자주 언급되는 유명한 인물이었지만 두 번째 손님들은 역사에 관심이 많은 나경이도 전혀 알지 못했던 인물이었다. 과연 세 번째 손님은 누구일지 나경이는 기대와 긴장감에 침을 꼴깍 삼켰다.

세
번째
초대
손님

"누구지?"

휴대전화 화면에 뜬 인물은 파란색 관복에 사모(고려 말에서 조선 시대에 걸쳐 벼슬아치들이 관복을 입을 때 쓰던 모자. 검은 실로 만들었는데 지금은 흔히 전통 혼례식에서 신랑이 쓴다.)를 쓴 중년의 남성이었다. 반백의 수염이 덥수룩했고, 눈빛은 예사롭지 않았다. 어디서 본 것 같은 얼굴이었지만 기억이 나지 않았다.

"아, 누구더라."

중얼거리던 나경이는 화면이 바뀌면서 나온 소개글을 읽고는 무릎을 쳤다.

"맞아! 최무선이네."

그때 문이 열렸다. 부리부리한 눈빛과 건장한 풍채를 자랑하는 최무선은 휴대전화 화면에 나온 것처럼 파란색 관복에 검정색 사모를 쓰고 있었다. 복식에도 관심이 많았던 나경이가 물었다.

"안녕하세요. 입고 계신 게 조선 초기 관복이죠?"

"잘 아는구나. 조선이 세워지고 거의 처음 입었던 관복이지."

"만나서 반갑습니다."

뒤늦게 인사를 한 나경이가 자리를 권하자 최무선은 관복이 구겨지지 않게 조심스럽게 앉았다. 그리고 주변을 돌아봤다.

"참으로 신기하구나. 사람이 직접 만나지 않고도 얘기를 나눌 수 있다니 말이야."

"그동안 세상이 많이 변했습니다."

나경이의 말에 최무선이 수염을 쓰다듬었다.

"좋은 일이지. 세상은 계속 바뀌어야 하니까."

그 말을 듣고 나경이는 문득 궁금해졌다.

"사람들은 원래 하던 것, 익숙해진 것을 좋아합니다. 그런데 왜 바꿔야 하나요?"

"방금 얘기하지 않았느냐. 세상이 바뀌고 있다고 말이야.

그런데 나 혼자만 익숙한 것에 취해서 그대로 머물러 있다면 뒤로 밀려나는 건 순식간이란다. 그러면 익숙함이라는 괴물에 발목이 잡혀서 어둠 속으로 질질 끌려가는 거지."

과연 화약을 만든 사람다운 대답이라는 생각에 나경이는 더욱 긴장이 되었다. 긴장을 풀기 위해 잠깐 채팅창으로 눈길을 돌렸는데 예상대로 대폭발 중이었다.

누가 돼지인가?
포방부의 조상님께서 오셨네?

$%78!@jk
진짜 최무선이야?

마마마무
이 유튜브 대체 뭔데?

차이나가 차이나
무선 조종 가능하세요?

누가 돼지인가?
화약의 아버지!

손시려
대포 만든 사람이야? 우와

이태리 때수건
하다하다 최무선까지 나온 거야?

본 골때려
대포의 아부지가 나왔네.

샤콰아아아악!
진짜 출연자를 잘 섭외했네? 돈 많이 들었겠는데?

마마마무
아무래도 진짜 같아.

김주한님이시다
진행자가 초딩 같은데 감당이 되겠어?

teeny
지난번 시험 문제 나온 아저씨네? 이름이 생각 안 나서 최유선
이라고 썼는데

　구독자들의 반응이 뜨겁다는 것을 확인한 나경이는 정
신을 차리고 최무선을 바라봤다.

　"인터뷰를 시작해도 될까요?"

　"편하게 하시게. 저기에 보이는 글씨는 무언가? 한문이
아니구먼."

　"네, 한글이에요. 세종대왕님이 만드신 우리 글이죠."

　"뜻은 잘 모르겠지만 한문보다는 편리하겠군."

　"자음과 모음으로 조합해서 쓰는데 30개가 안 넘어요."

　"그걸로 세상 만물의 이치를 이야기할 수 있단 말인가?"

"그렇죠. 조선시대 내내 사용되었고, 지금도 잘 쓰고 있지요."

나경이의 설명을 들으며 채팅창에 올라온 글을 바라보던 최무선이 수염을 쓰다듬었다.

"그래, 이게 바로 혁신이지. 세상을 바꾸는 힘 말이야."

"어르신이 만든 화약도 세상을 바꾸지 않았습니까?"

본격적으로 본인 얘기가 나오자 최무선은 자세를 고쳐 앉았다.

"내 입으로 말하기 민망하지만 고려를 구한 셈이지."

"맞습니다. 그것과 관련해서 인터뷰를 시작할게요."

"그럼세."

나경이는 재빨리 머릿속으로 최무선에 관한 자료들을 떠올렸다. 그리고 생각을 정리한 다음 본격적으로 인터뷰를 시작했다.

나경 오늘의 세 번째 초대 손님은 바로 화약을 발명한 최무선입니다.

최무선 아! 잠깐 확실히 할 게 있어.

나경 뭔가요?

최무선 나는 화약을 최초로 만든 사람이 아니라네.

나경 아, 아니라고요?

최무선 화약은 이전부터 존재하고 있었어. 나는 원나라에서 비밀로 하고 있던 화약 제조법을 알아내서 무기로 만드는 일을 한 거야. 그러니까 최초로 만든 사람이 아니라 그걸 고려에 도입한 최초의 인물이라는 게 정확하지.

나경 아! 그런 뜻이었군요. 보통은 그냥 화약을 만들었다고만 알고 있어서요.

최무선 아무리 오래전 일이라 해도 잘못은 바로 잡아야 하니까 얘기한 것일세. 기분 나빠하진 말게나.

나경 무, 물론이죠.

나경이가 뻘쭘해져 채팅방으로 고개를 돌렸다.

+ ㅇ _ ✕

촉밥소녀
진행자 얼굴 개 빨개졌네.

드러렁쿨
그런 것도 모르고 왜 데려온 거야?

511사이가
너도 몰랐잖아.

마마마무
이러다 열 받으면 무선이 아저씨가 방 폭파시키는 거 아니야?

ZXM-NA
무선이 형이 화약을 처음으로 만든 게 아니었어?

ELI
화약을 처음 만든 건 노벨이지.

Shotgun Bom
걔가 만든 건 다이너마이트고. 무식이 폭발하네.

ELI
지금 저격한 거임?

껌돌이 꺼져라
우우, 노잼이야. 노잼

진행자로서 어설펐다는 생각에 한숨을 내쉬는 나경이를
보며 최무선이 먼저 말을 건넸다.

최무선 나도 처음에 화약을 만들겠다고 했을 때는 미친
놈 취급을 받았지.

나경 그랬을 거 같아요. 먼저 간략하게 본인 소개 부탁드
리고 본격적으로 얘기를 풀어보겠습니다.

최무선 내가 태어난 곳은 경상도 영주일세. 지금은 지명이 영천으로 바뀌었지 아마.

나경 언제 태어나셨나요?

최무선 충숙왕 12년. 갑자로는 을축년이고, 요즘 사람들이 쓰는 서기로는 1325년일 거야.

나경 가장 중요한 질문일 수 있는데요. 어쩌다 화약에 관심을 가지게 된 건가요?

최무선 왜구 때문이지.

나경 왜구요?

최무선 바다 건너 일본에서 온 해적을 뜻하지. 참으로 무섭고 지긋지긋한 존재였어.

나경 그 정도였나요?

최무선 고려는 몽골과 오랫동안 싸우느라 지칠 대로 지친 상태였지. 전쟁은 끝났지만 삼별초가 항전을 하면서 군사력이 소모되었고, 이후에는 몽골의 일본 원정에 동원되어야만 했어.

나경 그때 엄청난 피해를 입었죠?

최무선 몽골군보다는 피해가 적었지. 하지만 오랜 전쟁으로 고려의 힘은 약해졌어. 그런 상황에서 왜구들이 쳐들어 온 거야.

나경 설상가상이네요.

최무선 맞아. 딱 그런 상황이지. 왜구들이 진짜 무서운 점이 무엇인지 아니?

나경 음… 잔인한 거요?

최무선 아니, 집요하다는 거지.

나경 집요하다고요?

최무선 그래, 충숙왕 시절 왜구들이 남해안의 고성에 쳐들어왔지. 다행히 그때는 지키고 있던 고려군이 제대로 싸워서 왜구 3백 명을 죽이고 승리할 수 있었어. 하지만 그 이후에도 왜구들이 끊임없이 쳐들어왔단다.

나경 집요하게 말이군요.

최무선 정말 집요하게 공격했어. 왜구는 수십 척에서 수백 척의 배를 나눠 타고 남해안과 동해안은 물론 서해안까지 올라왔어. 바람처럼 빠르게 쳐들어와서 약탈을 저질렀지.

나경 뭘 약탈한 건가요?

최무선 곡식이야. 고려는 세금을 곡식으로 거뒀는데 거둔 곡식을 해안가의 창고에 보관했다가 배로 개경으로 운

반했거든.

　나경　왜구들이 그걸 노린 건가요?

　최무선　맞아. 고려는 대혼란에 빠졌어. 공민왕이 즉위하신 해에는 아예 서해를 거슬러 북상해서 강화도를 차지하기까지 했지.

　나경　강화도요? 한때 고려의 임시 수도였던 곳이잖아요. 개경의 코앞이기도 하고요.

　최무선　결국 개경에서 군대를 보내서 겨우 몰아냈단다. 그 이후에도 왜구들은 계속 쳐들어와서 조운선(물건을 실어 나르는 데 쓰는 배)을 약탈하는 바람에 관리들에게 녹봉조차 제대로 주지 못했어.

　나경　집요하다는 말이 바로 그런 뜻이군요.

　최무선　공민왕께서는 싸움에 패하거나 도망친 장수들을 처벌하기도 하고, 최영 장군을 남쪽으로 보내 막으려고 애를 썼어. 하지만 언제 어디에서 나타날지 모르는 왜구를 막는 데는 한계가 있었지. 결국 강화도는 물론이고, 개경 북쪽의 옹진현, 내륙인 용성(경기도 수원의 옛 지명)까지 공격을 했으니….

　나경　고려군은 대체 뭘 하고 있었는데요?

최무선 싸워야 했지만 군사도 적고, 왜구들이 흉폭하다는 소문에 제대로 싸우지도 못했지. 설상가상으로 홍건적까지 쳐들어와 공민왕께서 개경을 버리고 피난을 가야 하는 일도 벌어졌어.

나경 정말 끔찍하네요.

최무선 세금으로 거둔 곡식을 약탈당하면서도 어찌할 도리가 없었지. 관리들의 녹봉도 제대로 주지 못하고, 군사를 먹일 식량도 부족했으니까, 그걸 막으려고 중국인 해적까지 고용해 봤지만 소용이 없었지.

최무선이 괴로워하는 표정을 본 나경은 다음 질문을 생각하면서 살짝 채팅창을 쳐다봤다. 채팅창에서는 새로운 글이 계속 올라오는 중이었다.

+   ㅇ﹣✕

마마마무
최무선 아저씨 운다.

XLS 큐
일본은 예나 지금이나 도움이 안 되네

수학의 공석
무시무시한 놈들이었구만

역사를 잊은 민족에게 미래는 없다
1350년에 처음 쳐들어왔고, 갑자를 따서 경인년 왜구라고 불러.

대한민국 알프로
아무리 그래도 해적인데 너무 쉽게 당하네.

AN_NA
나도 동의. 군대가 도적들한테 쪽도 못 쓰고 패한 거잖아.

JUAN
진짜 우리 조상님 실망이야.

빵아지
원래 우리는 평화를 사랑하는 민족이라서 그래.

나경 채팅창에도 나오는데 왜구면 결국은 도적이잖아요. 그런데 고려가 너무 쉽게 당한 것 같네요.

최무선 몽골의 침략과 간섭으로 나라가 어지러운 상황이었으니까. 게다가 지방의 토호들은 왕명을 대놓고 무시했지. 또 제대로 싸울 수 있는 장수도 부족했어.

나경 그런 이유로 계속 침략을 당한 건가요?

최무선 물론, 일본 내부 사정도 한몫 했단다.

나경 일본 사정이 어땠는데요?

최무선 일본을 지배하던 가마쿠라 막부가 멸망한 이후 두 개의 나라로 갈라졌어. 일왕을 옹립한 남조와 무사들이 지배하는 북조로 말이다.

나경 지금 대한민국과 북한으로 갈라진 것처럼 말인가요?

최무선 그래. 양쪽의 전쟁이 길어지면서 중앙의 통제력이 약화되었고 해적이 창궐하게 된 것이지. 그들은 가까운 우리는 물론 멀리 있는 중국의 명나라까지 공격했단다.

나경 그냥 도적들이 아니네요.

최무선 단순한 도적들도 있었지만 대부분은 전투 경험이 많은 무사들이었어. 편의상 왜구라는 이름을 썼지만 절대로 도적 수준은 아니었어.

나경 전쟁이었다는 말인가요?

최무선 그래. 끔찍하게 불리한 전쟁이었지.

나경 사기도 낮고 병력도 부족해서요?

최무선 요즘 시대에는 레이더라는 걸 이용해서 적을 찾는다고 하더구나.

나경 네. 그렇게 알고 있어요.

최무선 우리 때는 그런 게 없었지. 그러니까 해안선에서 언제 올지 모르는 적을 기다려야만 했지. 하지만 해안선은 길고 지킬 병력들은 적었어. 거기다 얼마 안 되는 병력을 해안선을 지킨답시고 흩어놓으면 오히려 왜구들의 공격에 더 쉽게 무너질 수 있었고 말이야.

나경 그럼 수군을 양성해서 바다에서 맞서 싸워야 하지 않았을까요?

최무선 그랬지. 하지만 수군을 양성하려면 전선이 있어야 하는데 배가 별로 없었어. 사실, 공민왕 때 수군을 양성해서 바다로 내보낸 적이 있긴 했어.

나경 그래서 이겼나요?

최무선 그랬으면 얼마나 좋았을까? 공민왕의 명령을 받은 두 장수가 80척의 전선을 이끌고 남해로 나아갔지. 하지만 섬에 숨어 있던 왜구의 유인작전에 걸려서 포위당하고 말았어. 두 장수는 꽁무니를 뺐고, 남은 병사들이 치열하게 싸웠지만 결국 전멸에 가까운 피해를 입고 말았어. 수군이라는 게 제대로 양성하기가 정말 어려운데 그걸 한순간에 잃고 만 거야. 죽거나 포로로 잡힌 병사들의 숫자도 어마어마했고 말이야.

나경 계속 그런 식이었나요?

최무선 물론 아니지. 간간이 용감한 장수들이 앞장서서 싸워 왜구를 물리치곤 했어. 경상도 도순문사 김속명이 진해현에서 3천 명의 왜구를 격파한 적도 있어.

나경 다행히 이긴 적도 있긴 했군요.

최무선 하지만 개경 근방까지 계속 왜구들이 공격하는 일들이 벌어졌고 상대적으로 안전하던 내륙 역시 왜구들의 침입을 받았어. 특히 공민왕 시기에는 원나라와의 싸움도 있었고, 두 차례나 요동 정벌을 하느라 군사들이 대부분 북쪽에 있어야만 했는데 왜구들은 그런 기회를 놓치지 않았지.

나경 악순환의 반복이군요.

최무선 결국은 그런 악순환의 고리를 끊기 위해 조정이 손을 걷어붙였지. 수군을 다시 양성하기로 한 것야.

나경 아까 돈이 많이 든다고 했잖아요.

최무선 그렇지만 언제까지나 지켜볼 수만은 없었으니까, 이즈음이 되면 왜구는 황해도 해주와 저 북쪽의 안변까지 공격해서 노략질을 하고 백성들을 죽이곤 했단다. 중간 중간 왜구를 무찌르기도 했지만 습격은 이어졌고, 심지어 한양까지 쳐들어와서 노략질을 하고 돌아갔지.

나경 정말 공격 받지 않은 곳이 없네요.

최무선 당시 참상은 이루 말할 수 없었지. 그래서 어떻게든 수군을 양성하려고 했지만 그런 노력이 물거품이 되는 일이 벌어지고 말았단다.

나경 무슨 일인데요?

최무선 요즘 사람들이 쓰는 서기를 기준으로 하면 1374년에 합포에 왜구들이 350척의 배를 타고 쳐들어와서 포구와 전선을 불태웠고, 무려 5,000명의 수군이 전사하는 일이 벌어졌어. 고려가 사력을 다해 키우던 전선과 수군들이었지.

나경 진짜 한순간에 잿더미가 되어버렸네요.

침울해진 나경이는 우울함을 털어버리기 위해 잠시 채팅창을 바라봤다. 예상대로 온갖 드립들이 난무했다.

+   ㅇ _ ✕

마마마무
아까는 최무선 아저씨가 울더니 이번에는 진행자가 우네.

AN_NA
그냥 도둑들이 아니라 정규군이나 다름 없다는 건 처음 알았어.

에몽도라
진짜 자근자근 씹어먹었네. 나쁜 놈들

JUAN
한숨만 나온다. 진짜.

Ahn
아무리 그래도 연전연패라니, 조상님들 너무하시네.

안라쿤
내가 가서 싸웠어야 했는데, 최영 장군으로 환생했어야 했어.

일단달리리
이때 딱 하고 화약이 터지는데

김리리리리릭
그래서 최무선 장군은 언제 활약하는데

zzz 씻고 자라
씻고 자야겠다. 너무 슬퍼.

막살아서 막사이다
아답답. 내가 싹 쓸어버려야 했는데.

마음을 가다듬은 나경이는 최무선에게 조심스럽게 질문을 던졌다.

나경 이제 본인 얘기를 좀 해 주셔야 할 것 같은데요.

최무선 내가 너무 어두운 얘기만 했나 보군.

나경 그건 아니지만 다들 화약 얘기를 기대하고 있나 봐요.

최무선 그렇지. 터질 때 화끈하거든.

나경 수군을 양성하는 데 실패하고, 계속 침략을 받으면서 화약에 대한 필요성이 대두된 건가요?

최무선 맞아. 공민왕께서 암살을 당해 승하하시고 우왕이 즉위한 이후, 최영 장군이 홍산에서 왜구들을 대파하면서 한숨을 돌렸지. 하지만 그게 끝이 아니라는 건 명확했고, 반드시 화약이 필요했단다. 그래서 조정에서는 원나라를 몰아내고 중원을 차지한 명나라에게 도움을 요청했지.

나경 무슨 도움이요?

최무선 왜구를 물리칠 화약을 지원해 달라고 말이야.

나경 명나라가 도와줬나요?

최무선 아니. 재료를 주면 화약을 만들어 주겠다는 얘기를 했지. 그러면서 고려가 수군을 양성한다는 얘기를 들었다며 전선을 보여달라는 억지도 부렸어.

나경 더 얄밉네요.

최무선 맞아. 자기들도 왜구의 침략을 받고 있는 상황인데도 모른 척을 한 거지. 결국, 우리 손으로 화약을 만들어야만 했어.

나경 드디어 화약 얘기가 나오는군요.

최무선 최영과 이성계 장군을 비롯해서 여러 장수들이 힘을 합쳐서 조금씩 왜구들을 몰아냈지. 하지만 물리쳐야 할 적이 너무 많았어. 한때는 왜구들이 개경의 코앞인 해풍군까지 쳐들어와 최영 장군과 이성계 장군이 힘을 합쳐서 물리친 적도 있었지. 나는 십대 중반부터 왜구가 이 나라를 어떻게 짓밟고 약탈했는지를 두 눈으로 똑똑히 봤어. 내 고향인 영천 부근까지 왜구들이 쳐들어온 적이 있었고, 피난민들도 많이 왔었으니까.

나경 그래서 화약을 개발하신 거군요.

최무선 난 화약을 만든 사람이 아니야. 그리고 고려는 이미 화약의 존재를 알고 있었지. 다만, 어떻게 만드는지를 몰랐을 뿐이란다.

나경 그러니까 화약이 있다는 건 알고 있었는데 제조법을 몰랐던 거군요.

최무선 그래서 명나라에 도움을 요청했다가 거절을 당한 거야. 물론 나중에는 생각이 바뀌어서 염초와 유황을 보내주긴 했지만 말이야. 하지만 그런 변덕스러운 나라에 운명을 맡길 수 없다는 게 내 생각이었단다.

나경 그래서 화약의 제조법을 연구하신 건가요?

최무선 고향을 떠나 개경에 머물렀는데 명나라 상인들이 자주 드나들었어. 그들 중에 화약의 제조법을 아는 사람을 찾아서 지극 정성으로 부탁을 했단다. 물론 그것만 한 건 아니었고, 나 역시 재료들을 배합해서 제조법을 알아내려고 했지.

나경 어떤 게 가장 어려웠나요?

최무선 무슨 재료가 들어가는지는 이미 알고 있었지. 크게 염초와 황, 숯이었는데 가장 문제가 되는 게 바로 염초였어. 황이나 숯은 그나마 구하기 쉬웠지만 염초는 중국에서 수입해야 했는데 그게 쉽지 않았지. 거기다가 앞서 얘기했듯 배합 비율이 문제였어.

나경 그럼 어떻게 성공하셨나요? 중국에서 온 상인이 방법을 알려 준 건가요?

최무선 이원이라는 상인이 가장 결정적인 배합비율을 알려줘서 결국은 성공할 수 있었지.

나경 그렇게 화약 개발에 성공한 건가요?

최무선 개발에 성공했다기보다는 제조에 성공한 거지.

요즘 표현대로 한다면 국산화에 성공한 거야.

나경 그렇군요. 그 후에는 어떻게 되었나요?

최무선 곧바로 조정에 고하고 빨리 화약을 대량 생산해야 한다고 건의했지. 다행히 조정에서는 곧바로 받아들여 화통도감이라는 관청을 세웠어. 그래서 화약과 그걸 사용할 수 있는 무기들의 개발에 박차를 가했단다.

나경 대포 말씀이죠?

최무선 대장군과 이장군, 삼장군 같은 화포는 물론이고, 화살을 쏠 수 있는 주화 같은 다양한 화약무기들을 개발했지. 다행스럽게도 청동과 쇠는 우리가 잘 만드는 편이라서 화포를 만드는 데는 큰 어려움이 없었어.

나경 정말 다행스러운 일이네요. 그런데 왜 화약이었나요?

최무선 화약으로 왜구를 물리칠 수 있을 것이라고 생각한 이유를 묻는 것이냐?

나경 네. 기존에 존재하지 않던 무기였잖아요.

최무선 절박함이었어. 하루가 멀다 하고 왜구들이 침범했다는 소식과 고려군이 제대로 싸우지 못하고 패배했다는 얘기가 들릴 때마다 가슴이 조마조마했지. 그러다가 문득

화약을 떠올렸어. 화약으로 돌과 큰 화살을 쏴서 왜구들이 탄 배를 박살낸다면 저들의 침략을 막을 수 있을 것이라고 생각했지.

나경 대포로 적의 배를 부순다고요?

최무선 어디 배뿐이겠느냐? 주화로 화살을 쏘면 멀리 날아가서 적들을 물리칠 수 있고 말이야. 왜구의 장기는 칼이라서 가까이 다가가지 않고 물리칠 수 있는 수단을 찾아야만 했거든. 창칼은 아무리 장사라고 해도 몇 번 휘두르면 지치기 마련이지. 활 역시 멀리 쏘려면 힘을 잔뜩 주어야하니까 열 발 정도 쏘고 나면 팔이 저려서 더 쏠 수가 없어. 그런데 화약은 사람이 힘을 들이지 않고도 돌과 화살을 멀리까지 날릴 수 있었지.

나경 그래서 화약이 답이라고 생각했군요.

최무선 화약이 있으면 반드시 왜구를 물리치고 나라를 구할 수 있을 것이라고 믿었다.

확신에 찬 최무선의 얘기를 들은 나경이는 살짝 눈물이 났다. 구독자들의 마음도 같은지 채팅창은 시끌벅적했다.

에몽도라

이렇게 화력덕후가 탄생되었네.

메시지 안내

대포 중독증이 시작된 건가?

MNW_123#

결국 중국산이네.

에몽도라

위에 바보니? 중국 사람이 알려준 거지 거기서 수입한 건 아니 잖아.

MNW_123#

그게 그거 아니야? 콜라를 한국에서 만든다고 한국산이 되나?

에몽도라

기술도입을 통한 자체 생산이라고!

판관 사청천

두 분 싸우지 마셈.

더욱이

대포 앞에서는 모두 다 공평하지. 한 방이면 꽥이거든

솝

솝이 생각에 화약은 전쟁을 일으키는 주범입니다. 나쁜 거예요.

쿠쿠하지마

화약 실험은 위험한 거 아니야?

채팅창을 보면서 나경이는 문득 다음 이야기가 궁금해졌다.

나경 화약 무기를 만든 다음 실전에 바로 사용했나요?

최무선 물론이지. 요즘 방식으로 서기 1380년, 갑자로는 경신년에 왜구들이 정말정말 대규모로 쳐들어왔단다.

나경 얼마나 되길래 대규모라는 표현을 쓰신 거죠?

최무선 연초부터 왜구들이 대규모로 준동을 했지. 경상도와 전라도를 휩쓸었고, 계룡산까지 쳐들어가서 피난민들을 닥치는 대로 죽였단다. 그리고 8월에는 무려 500척이나 되는 배를 타고 왜구들이 진포로 쳐들어왔지.

나경 500척이나요?

최무선 그래. 한 척에 50명씩만 탔다고 해도 무려 25,000명이나 되는 대군이었지. 반면에 우리가 동원할 수 있는 전선은 100척이 한계였어.

나경 1대 5네요.

최무선 천만다행으로 직전에 화약무기들이 대량으로 만들어져서 그걸 전선에 실을 수 있었어. 그리고 나세와 심덕부 장군과 함께 나 역시 출정했지.

나경 그때 기분이 어떠셨나요?

최무선 잠이 오지 않았단다.

나경 걱정이 되어서요?

최무선 그래. 만에 하나 화약 무기가 제 성능을 발휘하지 못한다면 우리 수군은 적들을 이길 수 없을 테니까. 그러면 고려는 암흑 속으로 빠져들게 될 수밖에 없었지.

나경 부담감이 엄청났겠어요.

최무선 다행히 진포에 도착해서 보니까 왜구들이 방심을 했는지 전선들을 모두 밧줄로 묶어놨더구나. 병력들 상당수도 약탈을 위해 뭍으로 내린 상태라서 우리를 보고도 바로 대응하지 못했지.

나경 여러모로 화포를 쏘기 좋은 상황이었군요.

최무선 맞아. 그래서 가까이 접근한 다음 일제히 화포를 쏘고 불화살을 날렸단다.

나경 결과는요?

최무선 묶여 있던 왜구의 배 500척을 모조리 불살랐지.

나경 정말 통쾌했겠네요.

최무선 그래. 아직도 그때의 기억이 생생해. 나를 비롯해서 장수들은 물론이고 병사들까지 모두 불타는 왜구의 배를 보면서 눈물을 흘렸지. 잔인하고 간교한 왜구를 무찌를 무기를 손에 넣었으니까 말이야. 사람들은 그때의 전투를 진포 대첩이라고 부르지.

나경 패배한 왜구는 어찌 되었나요?

최무선 배를 잃은 왜구는 내륙을 돌면서 약탈과 학살을 저질렀지. 전라도를 쑥대밭으로 만들어버리고 경상도로 넘어가서 남원산성을 포위했다가 이성계 장군이 이끄는 고려군이 나타나자 인월역 근처의 황산에 진을 쳤어. 수비하기 쉽고 공격하기는 어려운 곳이었지.

나경 그곳에서 전투가 벌어졌나요?

최무선 이성계 장군이 선두에 서서 황산으로 돌진해 왜구를 크게 무찔렀어. 살아남은 자가 고작 70명이었다고 하니까 저들이 얼마나 큰 피해를 입었는지 알 수 있지?

나경 결국 고려의 반격은 화포로부터 시작되었네요.

최무선 그런 셈이지. 이후에 관음포에서도 같은 방식으로 왜구들의 배를 화포로 파괴했지. 화포는 왜구들이 쏘는 화살이 닿는 거리보다 더 멀리서 쏠 수 있었기 때문에 정말 손쉽게 적선을 부술 수 있었어. 이후에 더 이상 왜구들이 떼로 몰려와서 공격하는 일은 줄어들었지.

나경　수십 년 동안 괴롭힘을 당하다가 드디어 벗어났네요.

최무선　그걸 바라고 화약을 만든 거야. 혁신은 절박함에서 나오니까.

나경　절박함이 혁신으로 이어진다는 뜻인가요?

최무선　모두 다 그런 것은 아니란다. 하지만 반드시 바꿔야 하는 순간이 온다면 주저해서는 안 된다는 뜻이야. 만약, 내가 화약을 만들지 않고, 조정이 내가 만든 화약을 받아들이지 않았다면, 또 장군들이 내가 만들고 조정에서 공급한 화약을 이상하고 낯선 무기라고 사용하지 않았다면 진포와 관음포에서 승리할 수 없었을 테니까.

나경　반드시 기억할게요.

최무선　그리해다오. 도적들에게 힘없이 당한 나약한 조상이 아니라 절박함 속에서 어떻게든 이겨낼 방법을 찾은 조상으로 기억되고 싶으니까.

나경　저랑 시청자들 모두 그렇게 기억할게요.

나경이는 슬쩍 채팅창을 바라봤다. 혹시나 악플이 달릴까 봐 걱정했지만 그렇지는 않았다.

고골타
충성충성충성

마린오프
그저 감사할 따름입니다. 해병 1055기를 대표해서 경례합니다.
필승!

삼억시니
위기에 빠진 고려를 구해주셔서 고맙습니다.

화원구
한편의 영화 같은 얘기네요.

DDFG
그렇게 승리한 이성계는 조선을 세우고………

IBK 폭죽은행
왜구들을 뻥 터트리셨네요. 속 시원해요.

최유선
영천 최씨 후손 인사드립니다. 살기 좋은 영천시로 놀러오세요.

아이언마블
전쟁 얘기는 언제 들어도 신나.

누가바누가봐
최무선은 누가 무선조종하는 거야?

채팅창을 읽고 나경이는 마음이 홀가분해졌다. 최무선도 흡족한 미소를 지었다.

"갑자기 나와서 당황했는데 속에 있는 얘기들을 마음껏 할 수 있었어."

"좋은 말씀 감사합니다."

"가만있어 보자. 자네는 어디 정씨인가?"

살짝 당황스러워진 나경이가 대답했다.

"봉화 정씨입니다."

"봉화백(정도전의 작위) 후손이군."

이성계와 함께 조선을 건국한 정도전은 어떻게 보면 고려를 지키기 위해 화약을 만든 최무선에게는 반역자처럼 여겨질 수 있었다. 하지만 최무선은 수염을 쓰다듬으며 크게 웃었다.

"좋은 분이었지. 잘 있게."

"고맙습니다."

자리에서 일어난 나경이가 꾸벅 고개를 숙이자 최무선

이 뒷짐을 진 채 말했다.

"다음 초대 손님이 곧 올 걸세."

"누구인가요?"

"자네 조상님이 세운 조선을 누구보다 아끼고 사랑한 사람이지. 얘기 잘 나누게. 허허."

최무선이 밖으로 나가자 나경이는 고개를 갸웃거렸다.

"조선을 아끼고 사랑한 사람이라고? 누구지?"

그때 휴대전화에 메시지가 도착했다는 알림음이 떴다.

네 번째 초대 손님

사진은 노란색 도포에 검정색 두건을 두른 풍채 좋은 남
성이었다.

"옷차림을 보면 조선시대 같은데 유학자인가?"

그 아래에는 첫 번째 초대 손님이었던 세종대왕님처럼
여러 가지 정보가 적혀 있었다.

"1737년 10월 20일, 한성부에서 태어났네. 직업은 소설
가, 철학가, 실학자?"

실학자라는 글씨를 보는 순간, 나경이의 머리에는 몇 명
의 이름이 떠올랐다.

"혁신이 주제라서 그런지 실학자가 초대 손님으로 오나
보다."

누구일까 생각하고 있는데 인형들이 놓인 곳에 선비 모

양의 인형이 보였다. 그때 문이 열렸다. 방금 사진으로 본 것처럼 노란색 도포에 검정색 두건을 쓴 중년의 선비였다.

"사진이랑 똑같네."

나경이가 중얼거렸다. 그러자 크게 헛기침을 하던 선비가 물었다.

"어디 앉으면 되겠는가?"

"제 옆에 앉으세요. 성함이 어떻게 되는지요?"

"연암이라고 하네."

"아!"

그 순간 누군지 바로 알아차렸다. 조선 후기 실학자 중한 명으로 청나라에 사신으로 갔다 와서 쓴 《열하일기》로 유명하고 그 밖에도 당시 조선의 모습을 비판한 〈양반전〉과 〈허생전〉을 쓴 저자로도 잘 알려져 있다. 청나라의 기술과 학문을 배우자는 북학파의 대표 주자였으며, 소설가로서 명성을 떨치기도 했다.

병자호란 때 인조가 청나라 황제인 청 태종에게 삼전도에서 머리를 숙이고 항복한 일을 큰 치욕으로 받아들인 당시 사회 분위기로서는 청나라를 배우자는 의견은 몹시 파격적인 일이었다. 반면, 그의 문체가 유교를 어지럽힌다는 정조의 비판으로 큰 비난을 받기도 했다. 하지만 연암 박지원은 일일이 대응하는 대신 〈허생전〉과 〈양반전〉을 통해 신랄하게 비판했다. 말만 복수를 외칠 뿐, 실제로는 그럴 의지가 눈곱만큼도 없다는 사실을 조롱하고 비웃은 것이다.

《열하일기》에도 그 부분이 잘 드러나 있다. 박지원은 조선의 풍습과 제도를 비판하면서 청나라의 장점을 배우자고 역설했다. 한글로 번역된 《열하일기》를 읽으면서 나경이는 박지원의 고집이 보통이 아닐 것 같다고 생각을 하기도 했었다.

연암의 윤기 있는 얼굴에서는 살짝 붉은 기운이 났다. 눈빛은 더 없이 강렬했고, 귀도 큰 편이었다. 광대뼈도 눈에 띄었는데 덕분에 인상이 강렬했다. 옛날 사람치고는 덩치도 크고 우람한 편이었다. 조용히 책을 읽고 사색에 잠기는 선비보다는 세상을 향해 뭔가를 외칠 것 같은 이미지가 강했다.

"여긴 대체 뭐하는 곳이지?"

나경이가 대답을 고민하는 사이, 연암은 털썩 자리에 앉았다. 그리고 손으로 수염을 가볍게 쓰다듬으며 주변을 찬

찬히 돌아봤다.

"유투브라는 신기한 것이 있다고 해서 들렀네. 이곳은 무얼 하는 곳인가?"

"어, 그러니까 이 기계로 방안에 있는 모습을 찍어서 다른 사람들에게 보여 주는 곳입니다."

"어찌 와보지도 않고 이곳의 모습을 볼 수 있단 말인가? 천리경 같은 걸로 보기라도 한다는 것인가?"

천리경이 뭔지 생각하던 나경이가 허겁지겁 대답했다.

"망원경 말씀이죠? 비, 비슷해요."

조선시대를 살았던 사람에게 유튜브라는 개념을 어떻게 설명해야 할지 난감해 대충 둘러댔다. 하지만 연암은 여전히 의심의 눈초리를 거두지 않았다.

"그런데 이곳은 사방이 벽으로 막혀 있지 않은가? 아무리 성능이 좋은 천리경이라 해도 밖에서 벽을 뚫고 이곳을 들여다볼 수는 없을 텐데?"

다시 할 말을 잃은 나경이는 혹시 도움이 될까 해서 채팅창을 훔쳐봤다. 예상대로 난리가 나 있었다.

마마마무

명탐정이네. 명탐정 박지원.

타이거박

진짜 똑똑한데. 괜히 실학자가 된 게 아니었어.

드러렁쿨

진행자 어떡해? 대충 둘러대려다가 큰 일 났네.

딜라이프

지금 어떻게 돌아가는 거예요? 이거 무슨 유튜브죠?

김주한님이시다

조회수 확 올라가겠네. 진행자 얼굴 빨개졌어. ㅋㅋㅋㅋ

NERO

엄청 똑똑하네. 탐정이야. 탐정.

이태리 때수건

요고, 요고 재미있네.

김진옹

이러다 진행자 쓰러지겠어요. 119 불러야 하나? ㅎㅎㅎ

마마마무

어서 진행해라! 진행!

지글징글

이런 신기한 유튜브가 다 있네. 구독!

예상했던 대로 놀리고 장난치는 댓글이 가득했다. 고정

닉처럼 자주 보이는 이름도 있었지만 다들 도와주기는커녕 오히려 진행을 하라고 다그쳤다. 한숨을 쉰 나경이가 대답할 말을 찾고 있는데 다행히 연암이 너그럽게 넘어 가 주었다.

"나를 이곳으로 부른 이유는 내 얘기를 듣기 위해서인가?"

"그렇죠. 앞서 세종대왕님과 금속 활자를 만든 스님들, 그리고 최무선 장군님이 오셨죠."

"그렇군. 나에게 듣고 싶은 얘기가 무엇인가?"

"혁신에 관해서 듣고 싶어요. 선비님은 실학자잖아요."

"당대에는 온갖 비난을 다 들었지. 쓸데없는 얘기를 한다, 괴상한 소설을 쓴다, 청나라를 떠받드는 정신 나간 놈이다라고 말이야."

쓸쓸한 표정을 짓는 그의 이야기에 귀를 기울이며 채팅창을 살폈다. 박지원의 등장에 댓글이 쉴 새 없이 올라왔다.

마마마무
세종대왕에, 금속활자를 만든 스님에 최무선 그리고 연암 박지원이라니, 어리둥절하네요.

드링쿨라
그러게요. 진짜 유튜브에는 없는 게 없네요.

쿠키눈물
교과서에서 봤던 그 연암이라니, 이 유튜브의 끝은 어디인가?

diamo Lee
소사소사맙소사

쿠키눈물
언제 적 개그입니까. 위에 아저씨.

마마마무
혁신이라는 타이틀이 있어서 그런지 마지막은 실학자네요.

박상무
저,《열하일기》다 읽었어요. 대단하죠?

orange hunter
하다하다 박지원까지 나오네.

박상무
양반전이랑 허생전도 다 읽었음.

orange hunter
알았으니까 그만 좀 자랑해.

박상무
누가 자랑했어? 그냥 얘기한 거지. 그나저나 이 프로그램 정체가 뭐야?

마지막 댓글을 보면서 나경이는 자기도 모르게 중얼거

렸다.

"나도 이 프로그램의 정체가 궁금해."

그러다 연암이 자신을 쳐다보고 있다는 사실에 놀라 얼른 자세를 고쳐 앉았다. 이제 좀 능숙해져서 다른 방법을 써보기로 했다.

나경 네 번째 초대 손님은 조선의 대표적 실학자인 연암 박지원입니다. 채팅창에 많은 분이 들어왔는데 인사 부탁드릴게요.

박지원 이게 채팅창이라는 건가?

나경 그렇습니다.

박지원 참으로 신기하구만. 우리 때는 글을 쓰려면 먹물을 갈고 종이를 편 다음에 조심스럽게 써야 했는데 말이야. 이렇게 빨리 글씨를 쓰다니.

나경 지금은 키보드라는 걸로 눌러서 글씨를 씁니다.

박지원 게다가 다들 한글을 쓰는군.

나경 쓰기 훨씬 편리하니까요.

박지원 나도 미처 하지 못한 생각이었네. 역시 세상은 갈수록 좋아지는군.

나경 그냥 좋아지지는 않았어요.

박지원 그랬겠지. 아무튼 내 인사를 하겠네. 만나서 반갑네. 유튜보 여러분. 나는 연암 박지원이라고 한다네. 어떨 때는 선비이고, 어떨 때는 실학자이면서, 어떨 때는 글쟁이고, 어떨 때는 독설가이며, 어떨 때는 오랑캐를 추종하는 못난 놈이지.

나경 굉장히 여러 가지 모습을 가지고 계시네요. 어떤 게 맞고, 어떤 게 틀리나요?

박지원 전부 다 맞기도 하고 전부 다 틀리기도 하지. 어떤 것부터 얘기해 볼까?

나경 일단 어디서 태어나고 어떤 삶을 사셨는지 궁금해요.

박지원 나는 영조 13년, 그러니까 요즘 사람들이 얘기하는 서기로는 1737년에 한양에서 태어났다네. 본관은 반남 박씨이고 할아버지는 지돈녕부사를 지낸 박필균, 아버지는 박사유, 어머니는 함평 이씨 집안 출신이시지.

나경 할아버님께서 관직을 지냈으면 잘 사는 양반 집안이었나요?

박지원 노론 집안 출신이긴 했지만 가난하기 그지없는

집안이었네. 집 한 채와 밭 약간이 전부였지. 하지만 청렴하게 사시려는 할아버지 밑에서 엄격한 가르침을 받으며 자랐어. 그건 평생에 걸쳐서 나에게 큰 영향을 주었네. 16살에 전주 이씨 집안의 여식과 혼인을 했지. 그런데 처삼촌이 성호 이익이었지 뭔가.

나경 《성호사설》을 쓴 그 이익요?

도라무통
친인척끼리 다 해먹은 거야?

마마마무
본격, 실학자 인맥 파악하기 돌입.

벡 윈스터
서로서로 아는 사이였군요. 예나 지금이나 인맥이 최고.

젠젠젠
본격 교과서 따라잡는 유튜브

드라이왕
《열하일기》 쓰신 분이구나. 돈은 많이 버셨나요?

라라라
《열하일기》를 쓴 사람이라고요? 학교 다닐 때 시험문제 틀린 적 있는데.

드라이왕
자랑이냐?

라라라
누가 자랑이라고 했어?

마마마무
두 사람 싸우지 말아요.

박지원　그분에게 직접 배우지는 않았지만 영향을 많이
받았지. 혼인을 하고 글공부를 하면서 세상을 제대로 보게
되었네.

나경　실학자이기도 하시지만 소설가이기도 하잖아요.

박지원　사실 그것 때문에 욕을 좀 먹었지. 선비가 잡문이
나 쓴다고 말이야.

나경　요즘 학생들은 교과서에서 《열하일기》랑 〈허생전〉,
〈양반전〉을 많이 봐요. 저도 여러 번 읽었고요.

박지원　요즘에도 읽는다는 얘기를 듣고 몹시 부끄러웠
네.

나경　가장 많이 언급되는 건 《열하일기》예요.

박지원　그럴 것 같았네.

나경　《열하일기》는 어떻게 해서 쓰게 되었나요?

박지원 청나라 건륭제의 70세 생일을 축하하는 사절로 청나라에 다녀온 일을 적은 여행기일세. 사실 그때는 과거에 합격하기 전이라 그냥 백면서생이었어.

나경 그런데 어떻게 사절단에 합류한 거죠?

박지원 자제군관이라고 일종의 개인 수행원 자격으로 간 걸세. 팔촌인 금성위 박명원을 따라 갔던 거지.

나경 공식 사절이 아니라서 더 편하게 자유롭게 보실 수 있었겠네요?

박지원 그러라고 자제군관을 뽑아서 보낸 거니까. 원래는 청나라의 도읍인 연경에 갔는데 황제가 여름 휴양지인 열하로 떠난 상태였지. 그래서 다시 열하로 가면서 쓴 일기일세.

나경 아하! 그래서 제목이 《열하일기》군요.

박지원 맞아. 조선 사람 중에 연경은 둘째 치고 열하까지 간 사람이 얼마나 되겠어. 시간이 없어서 급하게 가느라 고생을 하긴 했지만 흥미로웠지.

나경 내용도 꽤 재미있었어요. 몰래 밤중에 나간 얘기나, 도박에서 판돈을 딴 얘기도요.

박지원 편하게 쓴 글이니까. 글이라는 게 항상 무거워야 하는 건 아니잖아.

나경 그럼요. 덕분에 우리들도 편하게 읽을 수 있었으니까요.

박지원 사실 편하게 쓴 이유 중에 하나는 많이 읽히기를 바란 까닭도 있었지. 어렵고 딱딱하게 말고 편하게 청나라를 보면서 우리가 배울 점과 따라야 할 점에 대해서 얘기해 보고 싶었어.

나경 네. 수레라든지 벽돌 같은 것의 사용을 주장했죠?

박지원 맞아. 가장 충격을 받은 게 바로 넓은 도로와 거길 쉴 새 없이 오가면서 사람과 물자를 나르는 수레였다네. 뿐만 아니라 조선의 초가집은 늘 벌레가 들끓고 일 년에 한 번씩은 지붕을 고쳐야만 했는데 청나라는 벽돌로 된 집을 짓고 살아서 벌레 같은 것에 시달리지 않았어. 그걸 보면서 우리가 얼마나 손해를 보고 뒤처져 있는지 말해 주고 싶었다 이 말이야.

나경 격하게 말씀하시는 걸 보니까 어떤 심정인지 알 것 같네요.

박지원 물론 중국에도 전족 같은 괴상한 풍습이 있었네. 하지만 그런 것 말고 배워야 할 것들이 한둘이 아니었어.

오랑캐의 것이라고 외면하면 우리는 영원히 따라가지 못할 것이라는 걱정스러운 마음에 붓을 든 거지.

나경 덕분에 많은 비난을 받았죠?

박지원 말도 말게. 오랑캐를 좋아한다고 엄청나게 많은 손가락질을 받았지. 그래서 《열하일기》도 생전에는 빛을 보지 못했고 말이야.

나경 안타까운 일이네요. 다른 글도 읽었는데 저는 특히 〈허생전〉이 재미있었어요.

박지원 어떤 부분이 그렇게 재미있었나? 지금 세상은 신분제가 없어졌다고 들었네만.

나경 그러니까, 비판하는 지점들이 흥미로웠죠. 말과 행동이 달랐던 점들 말이에요.

박지원 내가 하려고 한 이야기를 정확하게 알아들었군. 〈허생전〉은 십 년 간 남산 묵절골의 집안에 틀어박혀서 과거 공부를 하던 허생원이 아내의 핀잔을 듣고 돈벌이를 위해 길을 나선 것으로 시작하네. 그리고 한양 최고의 부자인 변씨를 찾아가 일만 냥을 빌리고, 그걸로 안성에 가서 과일을 사들이지.

나경 맞아요. 제사를 지내려던 양반들이 과일이 떨어지

니까 발을 동동 구르며 찾는 바람에 막대한 이득을 얻었죠.

박지원 제대로 봤구만. 그다음에는 제주도로 가서 말총을 사들이지. 양반들이 쓰는 갓의 재료라서 역시 비싼 값을 주고라도 사야만 했어. 갓을 안 쓰면 양반이 아니니까 말이야.

나경 그렇게 긁어모은 돈으로 쌀을 사서 일본에 가서 팔아 더 큰 돈을 벌죠.

박지원 도적떼들을 섬에 데려가기도 했지. 그리고 한양으로 돌아와서 변씨를 찾아가서 돈을 갚았다네. 열 배로 말이야.

나경 그다음이 가장 재미있었어요. 당시 청나라를 공격하려고 북벌을 준비하던 효종의 측근인 어영대장 이완이 변씨와 함께 찾아오잖아요.

박지원 맞네. 거기서 어영대장 이완이 허생원에게 북벌이 성공할 수 있는 계책을 묻자 세 가지를 얘기하지.

나경 기억나요. 첫 번째가 제갈공명 같은 능력자를 추천해 주면 임금이 측근으로 쓸 수 있는지, 그 다음은 왕실의 공주들을 명나라 유신들의 자제에게 시집을 보내고, 강력한 권세를 자랑하는 자들을 쫓아내고 재산을 몰수할 수 있는지, 그리고 마지막에는 양반의 자제들을 변발 시켜서 청나라로 보내 약점을 찾아내게 하고, 인맥을 쌓아서 후일을 도모하자는 것이었잖아요.

박지원 잘 알고 있군. 하지만 어영대장 이완은 불가능한 일이라고 대답했다네. 그러자 허생원은 칼을 들고 그를 쫓아 버리지.

나경 맞아요! 그리고 다음날 찾아갔더니 종적을 감췄다는 것으로 얘기가 끝나죠.

박지원 그것이 의미하는 바가 무언지 아는가?

나경 입으로는 북벌을 외치지만 정작 그걸 실행할 의지가 없는 지배층을 비난하는 것 아닌가요?

박지원 나는 세상에서 표리부동한 자들이 가장 싫다네. 유교에서는 사람이 진실 되어야 하고 거짓말을 하면 안 된다고 가르치지. 하지만 정작 앞에서는 유교를 들먹이는 자들이 뒤돌아서서는 자신의 이익을 위해 이것도 안 되고, 저것도 할 수 없고, 이건 무슨 이유로 안 된다고 말하지. 겉으로는 성인군자에 나라를 생각하는 척 하지만 사실은 소인배나 다름없다 이 말이야. 그런 자들이 높은 자리를 차지하고 있으니 나라가 잘 돌아갈 리가 없잖아.

나경 발언 수위가 너무 높은 거 아닌지요. 아무리 그렇다

해도…

박지원 내가 임금님의 총애를 받았는데 그런 말을 하면 안 된다고 생각하는 건가? 오히려 더 쓴 소리를 해서 정신을 차리도록 하는 게 선비이자 유학자의 도리일세.

나경 그렇긴 하죠. 채팅창에도 응원의 목소리가 많네요.

크크몽
이제 보니 타짜일세.

Seokchan Yoon
박지원 파이팅!

빨래보틀
칼이스마 있네.

역사덕후
와! 정신없이 듣다가 시간 가는 줄 몰랐어. 이 유튜브 짱!

김책스
아이고, 깜빡이 안 켜고 훅 들어가네.

역사덕후
그러게. 이렇게 훅 들어갈 줄 예상치 못했는데.

마마마무
당시에 청나라를 배우자고 얘기할 정도면 보통 성격은 아니었겠죠. 응원합니다. 지원짱 ♥

박지원 채팅창을 보니까 훅 들어간다는 얘기가 나오는데 무슨 뜻인가?

나경 어, 그러니까 갑자기 질문한다는 뜻이에요. 이 경우는 양반이면서 양반의 이중성을 비웃는 내용의 소설을 썼다는 걸 말하는 거 같아요.

박지원 나는 문제의식을 공유하고 싶었을 뿐이네. 북벌은 그걸 상징하는 것이고 말이야.

나경 확실히 마지막 장면을 보면 그런 부분이 읽혀요. 무려 임금의 총애를 받는 어영대장을 칼로 위협하잖아요.

박지원 답답한 일이지. 병자호란의 복수를 위해 군대를 모으고, 무기를 만들었지만 내가 본 청나라는 그 정도로 준비해서는 어림도 없을 정도로 크고 강력한 국가였어.

나경 상대가 안 됐다는 얘기죠?

박지원 그럼! 그 넓은 땅덩이에 엄청나게 많은 인구가 있었네. 거기다 상업이 발달해서, 풍족한 자들이 많고, 기술이 좋아서 농사도 우리보다 훨씬 잘 짓는 편이지. 거미줄처럼 얽혀 있는 운하로 엄청나게 큰 배들이 오가고 있었네. 벽돌을 써서 집과 성벽을 하루아침에 지었고, 길은 평탄하고 넓어서 마차들이 쉴 새 없이 다니고 있고 말이야. 하지만 우리는 예전 것이 좋다는 이유만으로 한 발자국도 나아가려고 하질 않았어. 그저 어제처럼 오늘을 보내고 내일을 맞이하려고 한 것뿐이지.

나경 허생원을 통해서 그걸 바꾸자고 주장한 거군요.

박지원 책을 읽고 한심하지 않던가?

나경 어떤 부분이요?

박지원 나라가 얼마나 작고 쇠약하면 만 냥 정도의 푼돈을 가지고도 요동치니 말이야. 사람들은 우물의 물이 마르면 어쩌나 걱정하면서 제대로 쓰지 않는다네. 하지만 우물은 계속 퍼내야 물이 올라오는 법이지.

나경 만약 진짜 마르면요?

박지원 다른 우물을 파면되지. 결국 아끼고 절약하는 건 게으름을 피우겠다는 것과 다를 바가 없어. 그런 썩어빠진 정신으로 무슨 북벌을 하고, 나라를 바로 세운다는 건지 정말 한심해. 한심하다고.

나경 아아, 진정하세요!

박지원 어떻게 진정하란 얘긴가. 북벌을 한다고 목소리를 높였지만 사실은 온갖 핑계를 대면서 필요한 방책을 멀리하고 있어. 그 말인 즉 북벌은 허울 좋은 명분일 뿐이라는 얘기지. 병자년의 치욕도 결국 아무 준비도 하지 않고, 싸우자고 목소리를 높인 자들 때문에 벌어진 일이야.

나경 결국 〈허생전〉에서 하고 싶으셨던 얘기는 북벌을 성공하려면 청나라를 배워야 한다는 뜻이잖아요. 은근슬쩍 본인이 주장하는 북학의 필요성을 강조하면서요.

박지원 그래. 내가 청나라를 배우자고 주장하면 열에 아홉은 성을 내지. 어떻게 짐승 같은 오랑캐인 그들에게 고개를 숙일 수 있느냐고 말이야. 그러면서 내가 조목조목 장점을 얘기하면 우리나라 실정과는 맞지 않는다는 말만 반복하네. 먼저 해 보고 나서 되는지 안 되는지 따져봐야지. 입으로만 하면 그게 무슨 소용이야?

나경 점점 격해지시네요.

박지원 한심하고 답답해서 그렇지. 요즘은 안 그렇겠지?

나경 그, 그렇죠. 〈허생전〉 얘기는 이 정도로 하고 〈양반전〉으로 넘어갈게요. 이 작품을 쓰신 이유는 뭔가요?

박지원 당연히 양반들의 이중성을 비난하기 위해서였지.

나경 내용을 보면 사실 양반은 어쩔 수 없이 신분을 팔게 되잖아요. 그리고 그 양반의 지위를 산 부자는 사또가 양반이 할 수 있는 것들을 늘어놓자 날 도둑놈으로 만들 거냐고 하면서 돌아갔잖아요. 그리고 다시는 양반이 되려고 하지 않았다고요.

박지원 여기서 누가 가장 어리석은 자 같은가?

나경 양반이요.

박지원 그렇지. 정확하게는 양반의 신분이라 장사도 못하고 농사도 짓지 않으면서 빚만 늘어나게 된 거야. 그러니 양반이 잘 한 건 없지.

나경 그럼 양반도 일을 해야 한다는 뜻인가요?

박지원 당연하지. 일 년에 과거로 몇 명이 합격하는지 아는가? 그 중에 실제로 관직에 오르는 사람은 점점 줄어들었어. 그런데 일생을 과거에 응시하느라 허비하는 것도 모자라 집안의 재산을 거덜 내고 끝내 가난의 구렁텅이로 빠져드는 사례가 한둘이 아니야. 개인으로서도 불행한 일이고, 국가로 봐서도 낭비라고 할 수 있지.

나경 청나라는 안 그랬나요?

박지원 물론 그곳도 과거에 도전하는 사람들이 많았네. 하지만 능력이 안 되거나 집안 형편이 안 되면 깨끗하게 포기하고 장사를 하든지 다른 일을 해서 먹고 살지. 그래서 집안의 가족들을 굶기지 않고, 나라에 손을 벌리지 않아. 〈양반전〉을 보면 문제의 양반이 관곡을 천 석이나 꾸었다네. 그게 다 어디서 나왔겠나? 가난한 백성들에게 걷은 것 아니겠어?

나경 정말 신랄한 비판이네요. 그 양반의 자리를 산 부자도 비판하는 건가요?

박지원 어쩌면 그 사람은 피해자일 수 있지. 환곡을 천 석이나 대신 갚아줬지만 양반의 지위는 얻지 못했으니까. 하지만 그런 식으로는 양반이 될 수 없었기 때문에 어차피 마찬가지였어.

나경 그렇게 많은 돈을 들여도 불가능했다고요?

박지원 무릇 양반이란 대대로 유학을 습득하고, 과거에

합격해서 조정에 출사해야만 유지될 수 있네. 그런데 누군지 온 고을이 다 아는 사람이 돈으로 사들였다고 양반이 되는 건 아니지.

나경 그럼 설사 돈을 주고 샀다고 해도 양반 노릇은 어려웠겠군요.

박지원 물론이지.

나경 그런데 왜 사람들이 양반이라는 지위에 목숨을 걸었나요?

박지원 양반이 아니면 아무리 나이가 많아도 무시당했으니까. 거기다 세금도 더 많이 내야 하는 문제까지 있어서 다들 양반이 되려고 한 거지. 온 나라가 양반만 있으면 대체 누가 농사를 짓겠는가?

나경 그러네요.

박지원 모두가 양반이 되려고 하면 나라가 어지러워질 수밖에 없어. 그런데 양반이 되지 않으면 손해를 보게 만들잖아.

나경 무슨 얘긴지 알겠어요.

박지원 그리고 내가 살던 시기는 양반들이 몰락하고, 돈을 버는 평민들이 늘어나던 상황이었어. 그래서 돈을 번 평민들이 양반이 되려고 했지. 거기에 부패한 관리들이 그걸 막지 못하면서 신분제도가 흔들리고 말았어. 나는 그게 가장 걱정스럽고 우려스러웠네.

나경   혼란이 오는 게 싫으셨군요. 채팅창에도 비슷한 얘기가 나오고 있어요.

타이거박
결국 아무나 양반이 되면 안 된다는 얘기네. 에이, 실망이야. 실망

마마마무
당시로서는 당연한 생각이지. 지금 관점으로 보면 안 된다니까.

아똘
뼛속 깊이 양반이네. 우리 지원 오빠.

eeesss
양반전은 양반과 사또가 부자를 등쳐먹는 사기극이야.

나경빠
박지원 좀 실망이네요. 나경 언니 파이팅.

체리고고
조선 후기 사회상을 잘 드러내는 이야기네.

엽기충만
이래서 나는 조선이 싫어.

나경 그런데 왜 실학에 빠지게 된 건가요?

박지원 재미있는 질문이군. 자네는 실학이 뭐라고 생각하나?

나경 실용적인 학문 아닌가요?

박지원 요즘 학교에서는 유학과 실학을 대치되거나 반대되는 것처럼 가르치는 것 같던데 말이야.

나경 맞아요. 유학의 한계와 모순을 돌파하기 위해 실학이 나타났다고 배우고 있어요.

박지원 맞기도 하지만 틀린 얘기이기도 하네. 사실 실학은 유학의 한 종류라고 할 수 있지. 대립하거나 반대되는 학문이 아니라 말이야.

나경 보통은 대치되는 것으로 알고 있는데…

박지원 그게 설명하기에는 편하겠지. 하지만 실학은 유학의 문제점들을 보완한다는 의미일세. 대치되거나 대립되는 개념이 아니고. 실학을 내세운 학자들 역시 유학을 배운 선비일 뿐이야.

나경 그렇다면 왜 실학이 등장한 거죠?

박지원 혁신이 필요한 시기였으니까. 자네는 임진왜란과 병자호란에 대해서 알고 있나?

나경 물론이죠.

박지원 비록 이겼다고는 하지만 임진왜란은 7년 동안 이 땅에 무수히 많은 살육과 파괴를 가져왔다네. 왜놈이라고 얕잡아봤던 그들에게서 말이야.

나경 너무 잘 알고 있죠.

박지원 병자호란에 비하면 그나마 임진왜란은 나은 편이라고 할 수 있어. 사람의 얼굴을 한 짐승이라고 생각했던 여진족에게 임금이 무릎을 꿇고 고개를 조아렸다는 점은 엄청난 충격을 주었지.

나경 삼전도의 치욕이죠?

박지원 당시 선비들은 머리에 신발을 쓰고, 발에 모자를 쓴 격이라고 했지. 그런 일들을 겪은 후에 힘겹게 평화가 찾아왔지. 하지만 문제가 완전히 사라지지는 않았어. 우리는 왜 그들에게 패배했는지에 대한 해답을 찾아야만 했거든.

나경 그게 실학이었나요?

박지원 우리가 부족한 걸 채워야 한다고 믿었지. 나에게는 그게 실학이었고 말이야.

나경 실학은 어떤 부족한 부분을 채우려고 했나요?

박지원 경세치용과 이용후생, 실사구시를 통해서지.

나경 너무 어렵네요.

박지원 채팅창에도 그런 얘기가 나오는군.

한화최강
선생님이 외우라는 단어였는데, 트라우마 온다.

고나무
머리 아파!

kimhs 8788
나는 경세치용이랑 이용후생은 그럭저럭 외웠는데 실사구시에서 항상 틀렸어.

맥스 Q
뭐라고 했는데?

kimhs 8788
실사팔시

김한청
ㅋㅋㅋㅋㅋㅋ

나경 설명을 좀 해 주세요.

박지원 경세치용은 실생활에 필요한 학문이어야 한다는 뜻이고, 이용후생은 여러 가지 도구를 사용해서 백성들을 편리하게 만들어줘야 한다는 얘기지. 실사구시는 사실을 토대로 진리를 추구한다는 뜻일세.

나경 유학에서는 그게 불가능했나요?

박지원 아니지. 유학에서도 계속 언급하는 얘기일세. 하지만 내가 태어나고 자란 조선에서는 불가능한 일이었어. 요즘 사람들이 얘기하는 정신승리에 빠져 있었거든.

나경 정신승리요?

박지원 삼전도의 치욕을 겪은 후 청나라를 섬겨야 했지. 하지만 오랑캐에게 머리를 조아리는 것에 자존심이 상했던 선비들은 딴 생각을 했어. 우리가 진정한 중화의 후예라고 생각한 거지. 심지어 망한 명나라의 연호를 계속 쓰면서 청나라 연호를 쓰는 걸 비난했고 말이야. 자네는 그걸 뭐라고 부르는지 아닌가?

나경 아, 소중화 사상 말이군요.

박지원 맞아. 어찌 조선이 중화가 될 수 있단 말인가? 조선은 조선일 뿐이야.

나경 조선이 중국을 따라가는 것에는 비판적이었군요.

박지원 중국의 것이 무조건 좋다고 할 수는 없으니까. 거기다 망해 버린 명나라를 기억하면서 현실을 부정하는 건 아무런 도움도 되지 않아. 그렇게 현실을 부정하면서 차츰 유학 역시 백성들의 삶에서 멀어졌다네. 흉년과 역병, 당파 싸움으로 인해 나라가 점점 쇠락하는 게 눈에 보였지.

나경 그래서 실학자가 된 건가요?

박지원 요즘은 나를 그렇게 분류한다고 들었네. 실학자인지 아닌지는 별로 중요하지 않아. 어떤 발자취를 남겨놨는지가 중요하지.

나경 세상이 바뀌어야 한다고 생각하셨잖아요. 요즘 말로는 그걸 혁신이라고 부르죠.

박지원 나도 들었네. 내가 살았을 때는 확실히 혁신이 필요했던 시대였지.

나경 그때 조선에서는 어떤 방식의 혁신이 필요했을까요?

박지원 전부 다 뜯어고쳐야만 했지. 특히 토지제도.

나경 하하하! 요즘으로 치면 부동산 문제네요.

박지원 내가 살던 시대가 되면 소수의 부자들이 많은 땅을 가지고, 노비들에게 경작을 시켰어. 그리고 세금은 한 푼도 안 내려고 했지. 결국 가난하고 힘없는 자들만 세금을 내고 군대에 끌려갔어. 그러니 나라가 갈수록 약해지고 백성들이 고통을 받게 되었지. 그래서 많은 실학자들이 여러 가지 방식으로 땅을 재분배해야 한다고 주장했어.

나경 어떤 방식으로요?

박지원 반계 유형원은 전국의 땅을 백성들에게 골고루 나눠주자고 했지. 그러면 가난한 자들이 없어질 것이고, 세금을 내거나 병역도 부담 없이 치를 수 있을 것이라고 봤어. 성호 이익은 균전론, 그러니까 국가가 영업전을 백성들에게 나눠줘서 농사를 짓게 하고, 매매를 금지시켜서 침탈을 막는 방식을 주장했지. 지금 가장 유명한 실학자인 정약

용은 백성들을 일정한 숫자로 묶어서 땅을 공동으로 경작케 하자는 주장을 제기했어. 그 이후에는 주나라 때의 제도인 정전론을 부활하자는 주장을 했고 말이야.

나경 실현된 제도는 없죠?

박지원 일단 땅을 가진 자들이 양보를 해야 하는데 그럴 리가 없었지. 그래서인지 내가 한창 활동할 때는 토지 제도보다 상업을 발전시켜야 한다는 주장이 많아졌어. 나 역시 그러했고.

나경 조선은 농업중심 국가인데 상업의 발전이 필요한 이유가 뭔가요?

박지원 땅은 물이 흘러야 비옥해지듯 물건을 사고팔아서 재화가 돌아야만 국가와 백성들이 부유해지기 때문이지.

나경 어떤 방식으로 상업의 발전을 주장한 건가요?

박지원 대외 무역을 하고 낙후된 기술을 혁신해서 발전을 시켜야 한다고 주장했네. 연행사로 간 청나라는 상업을 통해 엄청난 물자가 유통되면서 많은 사람들이 일자리를 가졌고, 그 중에는 부자가 된 사람도 적지 않았지. 그들이 먹고 마시는 데 돈을 쓰면서 그것과 관련된 일을 하는 사람들이 생겨났지.

나경 《열하일기》를 쓰실 수밖에 없었겠어요.

박지원 그 일로 오랑캐를 흉내 낸다고 비난을 많이 받았지만 배워야 할 게 있다면 어디서든 배워야 한다는 게 내 생각일세. 우리 것만 좋고 오랑캐의 것은 무조건 나쁘다고 하기에는 상황이 너무 안 좋았다 이 말이야.

나경 조선 후기는 확실히 그랬던 것 같아요.

박지원 위기 상황이었지만 다들 눈을 감고 귀를 막았어. 권력을 장악한 자부터 시골에 사는 선비들까지 오직 오랑캐를 욕하고, 우리의 것이 소중하다는 말만 되풀이했어. 혁신이 필요한 시대라는 걸 외면했고, 그 대가는 후손들이 뼈아프게 치르고 말았지.

나경 그러고 보니 필요한 때 혁신하지 못하면 후유증이 큰 것 같네요.

박지원 맞네. 내가 걱정했던 것은 뼈 빠지게 일해도 겨우 입에 풀칠을 하던 대다수의 백성들이었어. 그들을 잘 살게 만드는 건 학문적 소양을 높이는 것보다 훨씬 더 소중한 일이야. 간혹 선비들 중에는 백성들의 천성이 사악해서 남을 속이고 도적이 된다고 했지만 말도 안 되는 얘기일세. 사흘을 굶으면 남의 집 담을 넘을 수밖에 없어. 백성들을 그렇게 만든 건 부패하고 혁신을 모르는 관리들이야.

나경 지금도 나라가 잘못되면 국민들이 고통 받아요.

박지원 농사를 잘 짓는 것도 중요하지만 화폐를 제대로 유통하고, 길을 닦아서 상품들을 전국적으로 유통시키는 것이 무엇보다 필요했네. 수레와 선박을 이용해서 상품들을 전국 방방곡곡으로 실어날아서 사람들이 편리하게 사고 팔 수 있게 만들어야 하네. 그리고 외국과의 무역에도 적극적으로 나서고 말이야.

나경 당시로서는 굉장히 혁신적인 주장이었네요.

박지원 지금도 그게 가장 슬퍼.

나경 비난을 받았다는게요?

박지원 아니. 상품의 유통을 활발하게 해서 많은 사람들에게 혜택을 주고, 먹고살 수 있는 방도를 찾아야 한다는 지극히 평범한 주장이 오늘날까지 기억될 정도로 별난 취급을 받았다는 게 말이야. 먹고 살려면 생산력을 높이고, 그렇게 만들어진 상품들을 골고루 소비할 수 있도록 만들어야만 해. 나는 청나라에서 그게 가능하다는 걸 알게 되었지.

나경 그런데 청나라에서 하는 일이라서 반대한 건가요?

박지원 맞아. 청나라라서 받아들일 수 없다고 한 거지. 결국 나와 다른 실학자들의 주장은 공염불에 그치고 말았어. 지금도 그게 가장 아쉽다네. 혁신을 하지 못하면서 조선은 막을 내리게 되었으니까.

나경 저도 그래요. 채팅창에서도 그런 얘기들이 나오네요.

마마마무
실학자들이 주장했는데도 받아들이지 않아서 조선이 망한 게 가장 아쉬워요.

킹소룡
조선은 망할 만했다니까.

마마마무
저도 같은 생각입니다만 그거 때문에 고통 받는 사람들이 있었잖아요.

미국대장
실학자들이 아무것도 못했다는 걸 교과서에서 보고 많이 안타까웠어. 누구 탓이야?

도로롱도로롱
소설 얘기도 해 주세요. 킹왕짱 재미있는 허생전 얘기요.

박윤실
저도 반남 박씨입니다. 방가방가

박지원 소설 얘기를 해달라고 하는군.

나경 이제 진행도 하시는 건가요? 안 그래도 〈양반전〉과 〈허생전〉을 쓰신 배경이 궁금했어요. 두 작품 모두 당대의 사회와 특히 양반들을 크게 비판하는 내용이라는 점도 눈에 띄고요.

박지원 어릴 때부터 글을 쓰는 걸 좋아했네.

나경 〈양반전〉 같은 경우는 양반의 거짓된 체면과 위신을 비판하는 내용이에요. 어떻게 보면 자신이 속한 신분계층을 비판한 건데요. 왜 그런 주제로 글을 쓴 거죠?

박지원 양반들이 혁신하지 않으면 안 된다는 생각을 했으니까. 겉으로는 군자인 척 도도하게 지내다가 돈이 궁해서 족보를 팔려고 하잖아? 자네는 그걸 읽으면서 어떤 생각을 했는가?

나경 양반이 되려면 정말 어렵구나. 근데 그걸 돈을 주고 사려고 한다는 게 이해가 되지 않았어요.

박지원 맞아. 양반이라는 게 얼마나 쓸데없는 것인지 얘기해 보고 싶었지.

나경 〈허생전〉도 재미있게 읽었어요.

박지원 나도 재미있게 썼단다. 〈양반전〉이 현실을 반영한 것이라면, 〈허생전〉은 꿈을 얘기했으니까.

나경 주인공 허생을 통해 조선이 변했으면 하는 바람으로 쓰신 거죠?

박지원 그렇다네. 잘 봤군.

나경 하지만 주인공 허생은 결국 도적들을 데리고 섬으로 들어가잖아요.

박지원 그게 나의 한계라는 얘기를 들은 적이 있네. 양반을 비판하지만 결국 양반이라는 신분 자체를 부정하지 못한다고 말이야.

나경 저도 그런 느낌을 받긴 했어요. 사실인가요?

박지원 내가 벗어날 수 없는 한계였다는 걸 인정하네. 하지만 그럼에도 불구하고 도전해야만 했어. 혁신하지 않으면 양반이라는 신분 계층은 물론 나라 전체가 위험할 수도 있으니까 말이야.

나경 불행하게도 제 예측이 맞았네요. 아까 소개한 〈허생전〉을 보면 과거를 보기 위해 공부를 하던 허생이 돈을 빌려서 장사를 해서 돈을 버는 모습이 나오죠.

박지원 두 가지 의도가 있었네. 양반이라고 해도 일을 해야 한다는 것 그리고 허생이라는 인물 한 명에게 휘둘릴 정도로 조선의 상업이라는 게 보잘 것 없다는 걸 보여 주고 싶었어.

나경 하긴, 지금으로 치면 독과점을 해 버린 셈이니까요. 그리고 북벌을 위해서 혁신적인 개혁조치들을 취해야 한다고 건의하지만 모두 무시당했죠?

박지원 어쩌면 예정된 결말일지도 몰라. 그 장면을 쓰면서 참 씁쓸했던 기억이 나는군.

나경 도적들을 데리고 섬으로 간 결말은 〈양반전〉처럼 조선이라는 국가에 대해서 가지고 있던 본인의 한계 때문에 나온 걸까요?

박지원 부인하지는 않겠네. 오해나 꼬투리는 피해야 했으니까.

나경 그럼에도 불구하고 조선을 혁신하려는 노력을 포기하지 않으셨잖아요. 저는 《열하일기》를 보면서 그런 점을 느꼈어요. 마침 댓글창에도 《열하일기》 애기가 또 나오네요.

준수♥희영
《열하일기》 공부하느라 겁나 힘들었어요. 왜 일기를 열심히 쓰셔서…

마마마무
당시 너도나도 구해서 읽어봤다는 베스트셀러였대요.

도로롱도로롱
나도 교과서에서 봤어. 열하와 같은 성원이라고 담탱이가 아재 개그를 해서 지금도 기억나. ㅎㅎㅎㅎ

박시영
얼마 전에 학교 독서모임에서 또 읽어봤어요.

애플은 사이다
나도 재미있게 읽었어요.

바니보틀
지금 봐도 흥미진진하죠. ㅎㅎ

박시탈
읽어봐야겠네요. 흥미진진하다니….

나경 《열하일기》는 어떤 심정으로 쓴 건가요?

박지원 처참함과 두려운 마음으로 썼지. 우리가 우물 안

개구리로 지내는 동안 오랑캐라고 불렀던 저들은 훨씬 앞서갔으니까 말이야. 은을 쓰고, 도로를 넓히고, 수레와 배를 이용해서 상품을 자유롭게 사고팔았네. 반면, 우리는 여전히 예전에서 벗어나지 못하고 있었지. 우리가 진정한 중화의 후손이라는 생각에 사로잡힌 채 말이야.

나경 그럼 선비님에게 혁신이란 무엇인가요?

박지원 나에게 혁신이란 먹는 것일세.

나경 먹는 거요?

박지원 먹고살아야 앞으로 나아갈 수 있으니까. 정확하게는 혁신으로 가는 길이라고 해두지.

나경 그렇다면 혁신하기 위해서는 어떻게 해야 할까요?

박지원 먹고살게 해 줘야지. 그래야 다른 생각을 할 수 있네. 사람이 굶으면 어떻게 하면 배를 채울 수 있는지만 생각하거든. 생각의 틀을 넓혀 주고, 좋은 제도를 만드는 것으로 굶지 않게 하는 것이 바로 내가 생각하는 혁신이야.

나경 좋은 말씀 감사합니다. 댓글창에서도 고맙다는 인사들이 많네요. 저 역시 감사해요.

박지원 나를 기억해 줘서 오히려 고맙네. 내가 오늘의 마지막 손님이라더군. 그럼 수고하게나.

연암은 커다란 덩치를 일으키더니 문 밖으로 나갔다. 고맙다는 말이 계속 올라오는 채팅창을 바라보던 나경이는 잠시 멍한 표정을 지었다.

"이게 도대체 꿈인지 아닌지 모르겠네. 어쨌든 나쁘지 않았어."

구독자들에게 고맙다는 인사를 채팅창에 남긴 나경이는 문득 학교에서 아이들과 선생님의 반응이 어떨지 궁금해졌다. 반에서 아무도 관심 갖지 않았던 외톨이가 혼자서 만든 영상에 다들 기대는 1도 없었을 것이다. 하지만 분명 핫한 관심을 받을 거라는 자신감이 밀려왔다. 스스로도 갑작스럽고 낯선 자신감에 얼떨떨했다. 무엇이 변한 걸까.

세종대왕님부터 〈직지심체요절〉을 만들었던 스님들, 화약을 만든 최무선 장군과 연암 박지원까지 모두가 얘기한 것은 한 가지였다.

"내가 먼저 변해야 한다는 것."

익숙하다는 이유로 그 자리에 그대로 머물고, 두렵다는 이유로 멈춰 있고, 남들과 친하지 않다는 이유로 홀로 떠돌면 아무것도 할 수 없다. 물론 그렇더라도 시간은 여전히 흘러가지만 그건 아무 의미도 없이 소중한 시간을 낭비하는 것에 불과했다. 오늘 유튜브를 찍기 위해 만난 역사 속의 위인들은 모두 변화하려고 노력했고, 도전을 두려워하지 않았다. 오늘과 다른 내일을 꿈꿨으며 설사 실패하거나 결과가 좋지 않아도 포기하지 않았다. 오직, 변해야 하고 혁신해야 한다는 마음가짐으로 앞으로 나아간 것이다.

문득 혁신가들과 자신의 모습이 비교되었다. 그동안 책으로 담을 쌓은 채 친구들과 가까이 지내지 않고 혼자만의 세상에서 만족하며 지냈다. 불편함은 없었지만 변화도 없었다. 이제 뭔가 변화가 필요할 때가 온 것일까. 오늘 이곳으로 오게 된 것이 우연만은 아닌 것 같은 느낌이 들었다.

"학교에 가면 아이들과 얘기를 좀 나눠봐야겠어. 재미있겠네."

그러고는 아쉽다는 표정으로 책상 위의 종을 울려 촬영이 끝났음을 알렸다.

아까와 달리 아주머니가 카운터에서 기다리고 있었다. 다시 한 번 푸근한 미소를 지으며 아주머니가 물었다.

"잘 끝났니?"

"네. 아직도 얼떨떨해요."

"그래도 굉장히 잘했어. 초대 손님들도 모두 만족하던 걸?"

그제야 나경이는 궁금하던 걸 물었다.

"진짜 그분들이 맞나요?"

"어떻게 생각하느냐에 따라 다르겠지."

알쏭달쏭한 대답을 한 아주머니가 안동 하회탈 모양의 USB를 카운터 위에 올려놓았다.

"아까 찍은 영상들은 여기 담겨 있다."

"고맙습니다. 얼마인가요?"

"무료야."

"정말이요? USB 값이라도 낼게요."

"괜찮아. 역사가 이미 지불했어."

"어떤 역사가 지불했는데요?"

나경이의 물음에 아주머니가 빙긋 웃었다.

"기억되고 싶어 하는 역사."

그러면서 작은 주사위 같은 걸 건넸다. 보통의 주사위와
는 다른 모양이었다.

"이건 뭐예요?"

"주령구라고 부르는 거다."

"주사위처럼 생겼는데 면이 더 많네요."

"모두 14면이란다. 경주의 안압지에서 발견된 것이지."

나경이는 주령구를 들여다봤다. 각각의 면에는 방 이름
이 쓰여 있었고 눈에 띄는 건 방금 나온 혁신가의 방이었
다.

"한번 굴려 보겠니?"

아주머니의 말에 나경이는 카운터 위로 주령구를 굴렸
다. 드르륵거리는 소리와 함께 굴러간 주령구는 흔들거리

다가 멈췄다. 아주머니가 말했다.

"다음번 촬영할 유튜브 주제가 정해졌네!"

"또 오란 말씀인가요?"

아주머니가 다시 미소를 지었다.

"역사가 너를 원하니까 언제든 찾아오너라."

나경이는 저도 모르게 고개를 끄덕거렸다.

"고맙습니다."

나경이가 꾸벅 인사했다.

"조만간 보자."

"네. 또 들릴게요."

나경이는 안동 하회탈 모양의 USB를 꼭 움켜쥐고 힘차게 골목길을 걸어 나왔다.

저는 책을 읽는 걸 좋아합니다. 어릴 때는 학교에서 돌아오면 가방을 내팽개치고 해가 떨어질 때까지 책만 읽은 적도 있습니다. 책에 나오는 재미난 얘기는 거의 외울 정도였고, 신기한 역사 이야기를 보면 눈을 떼지 못했습니다. 활자 중독이라는 얘기까지 들을 정도로 책을 좋아했고, 지금도 마찬가지지요. 저는 유튜브도 좋아합니다. 제가 보고 싶은 영상들을 골라 볼 수 있고, 필요한 자료를 텍스트가 아닌 좀 더 직관적인 이미지로 볼 수 있기 때문이죠. 지구 반대편에서 일어나는 일도 찾아볼 수 있고, 좋아하는 음식이나 역사에 대해서도 쉽게 검색해 볼 수 있으니까요.

결론적으로 저는 책과 유튜브를 모두 좋아합니다. 그래

서 지하철에서 책을 읽다가 휴대전화로 유튜브 영상을 찾아보곤 하죠. 사람들은 책을 읽으려면 유튜브를 멀리해야 한다고 하지만 꼭 그렇지만은 않습니다. 오히려 서로 보완해 주는 존재이기 때문에 같이 즐길 수 있어요.

《역사 유튜브에 입장하셨습니다》는 책과 유튜브를 결합시킨 이야기입니다. 정확하게는 책 속으로 유튜브를 끌고 들어온 것이죠. 책과 유튜브의 공통점은 '혁신'입니다. 책은 끊임없이 새로운 아이템을 찾아서 독자들에게 보여 줍니다. 유튜브 역시 매일 다른 영상들이 올라오면서 어제와 다른 것들을 선보입니다.

그래서 저는 '혁신'을 이 책의 주제로 잡았습니다. 혁신은 항상 두려움을 동반합니다. 어제와 달라야 하기 때문입니다. 어제와 오늘이 달라야 내일이 빛날 수 있습니다. 익숙한 것을 털어내고, 남들이 가지 않는 길을 갔던 소수의 혁신가들 덕분에 우리는 오늘날의 편안함을 일구고 있습니다. 더 나은 내일을 위해 어제의 혁신을 반드시 기억했으면 좋겠습니다.

봄마중 청소년숲

역사 유튜브에 입장하셨습니다

초판 1쇄 발행 2023. 8. 25.
초판 3쇄 발행 2024. 7. 31.

지은이 정명섭
발행인 이상용 이성훈
발행처 봄마중
출판등록 제2022-000024호
주소 경기도 파주시 회동길 363-15
대표전화 031-955-6031
팩스 031-955-6036
전자우편 bom-majung@naver.com

ISBN 979-11-92595-26-9 43810

값은 뒤표지에 있습니다.
잘못된 책은 구입한 서점에서 바꾸어 드립니다.
본 도서에 대한 문의사항은 이메일을 통해 주십시오.

봄마중은 청아출판사의 청소년·아동 브랜드입니다.